suncolor

suncolor

suncolor

星光

呂　秋　遠

suncolor
三采文化

Contents

目　　錄

選擇

呂秋遠

這本書早在半年前就應該可以寫完，但因為自己的生活太過於「充實」，這些人的「人生」就這麼暫時停頓，直到九月初才正式完稿。但是完稿以後，對於小說裡的每個人，我都還是念念不忘，歷經將近一年的相處，我似乎真的覺得他們就是活生生的人，而不是我筆下的物。

撰寫長篇小說，是我自己長久以來的心願，因為我相信，說故事這件事，是讓某些想法深入人心的最好方式。去年偶然在新聞上，看到日本北海道的南幌町，發生了一件女孩殺害自己母親與祖母的案件，但南幌町的區民，竟然連署希望能夠對女孩輕判，這案件引起了我很大的興趣，想要探究背後的故事，究竟什麼原因，會讓一個未滿十八歲的女孩，殺害自己的至親？在理解新聞背景後，我開始嘗試把一些虛構的元素加入，想要探討一個主題，就是選擇。

常聽到「格言」這麼說，「人可以選擇放棄仇恨、選擇原諒」，但仇恨是「累積」的，原諒是不是就可以「立即」？而當仇恨累積到一定的程度，或許原諒就不會再是一個選項，有人會用遠離的方式處理，但是也有人會選擇以暴制暴的方式面對。哪一種是正確的？就法律來說，可能是前者，但是選擇後者，在情緒上能不能過得去？又或許是另外一個問題了。

在忙碌的律師工作中，還要經常撰寫臉書，分給小說的時間其實是很少的，因此我開始可以理解德國律師作家席拉赫（Ferdinand von Schirach）暫停律師工作，專心寫作的原因。在寫作時，我跟這些人對話，必須心無旁騖，而諮詢電話、與當事人對談、開庭、寫狀，又會占去我大部分的時間，只能在一段與世隔絕的環境裡，長時間寫作，我對於這樣的環境，格外珍惜，因為太過稀少。是以，我對於筆下的人物因此感到很抱歉，讓他們晚了半年說出自己想說的話。故事不是我寫的，是他們共同創造的，他們只是透過我的鍵盤，編織出自己的人生與情節而已。

CHAPTER

01

聽見
下雨的
聲音

這場靡雨已經連續下了三天，這在冬天的台北不會少見。氣溫在這幾天突然下降到十度上下，濕度加上溫度，讓人體對於天氣變化的感覺更加敏銳，路上穿著大衣的人，明顯比前幾天增多了。

不曉得為什麼，那天凌晨一點許，王建州翻來覆去睡不著，乾脆走出家門，把自己包得緊緊的，希望可以抵禦突然而來的寒意。他點燃一根香菸，靜靜的站在家門口，想想自己為什麼失眠，香菸的火光，一閃一滅，在暗黑的夜裡特別醒目。

他捻熄了香菸，準備要進家門，卻聽見轟然一聲的鐵門開關聲音，他不耐煩的皺了眉頭，看來不知道是哪個夜歸沒有公德心的人大聲的關閉鐵門。然而立刻伴隨一連串的尖叫聲，他隨著叫聲的方向看過去，一個瘦弱的小女生，渾身是血，上半身赤裸的從鐵門裡竄出來，哽咽的說：「不要殺我」，然後蹲在摩托車旁邊，彷彿以為這幾台摩托車可以遮住她的恐懼。

他不知道這個女孩是誰，但是下意識的把自己的外套脫掉，不顧外面的靡靡細雨，衝過小巷弄，把外套披在她肩膀上，遮住她上半身赤裸的身軀。他低下身體靠近她的時候，才發現她的身上到處都有細微的刀痕。她的身體十分瘦弱，不知道是因為冷還是恐懼，不斷的顫抖。看到這樣血腥的場面，不知道是溫度太低，或是太殘酷，他也打了一陣哆嗦。女孩乾裂的嘴唇上，已經看不出血色，身體上的傷痕卻還不斷的滲著血。她瑟縮在鐵門旁的角落，用發抖的聲音說：「救我。」頭一側，她竟然昏厥了過去。王建州頓時慌了手腳，旁邊的狗叫聲越來越大，也陸續有鄰居醒過來。他滿手都是血，用惶恐的聲音對著圍觀的兩個路人說，「報警！」

＊＊＊＊＊

潘志明來這裡當偵查佐不過半年，但是他從事這個工作已經二十幾年。早些年人家常講，當刑警走路有風，但是現在卻有很多人要回鍋穿上制服當警員，原因就在於偵查佐已經不像過去，有比較多油水，但是除了辦刑案外，卻有很多雜事與公文得做。潘志明對於雜事沒有興趣，他喜歡偵辦刑事案件，只不過因為他的個性不喜歡跟上司互動，結局就是很難被選入台北市刑警大隊工作，加上「先前那件事」，他始終也沒有升遷機會。

潘志明有妻有女，但是太太早就想跟他離婚，他對這樣的情況倒是處之泰然。他常講，「好的刑警就是要拋妻棄子」。這句話說得豪氣，但其實帶點辛酸。他喜歡在麵攤吃飯，他總是在下班後，找轄區中的麵攤，輪流去吃，順便跟老闆聊天交朋友，他說，切仔麵、豆乾、海帶就是「國民美食」。

凌晨兩點，他終於處理完「春風專案」的公文，他用「一陽指」一字一字的敲打完鍵盤，別人十分鐘可以完成的報告，他卻要一小時，每次偵辦案件，對他最痛苦的事情不是調查證據，而是做筆錄。

「幹！打報告比起躲在草叢裡抓毒販還痛苦！」潘志明伸了懶腰，準備下班。偵查隊辦公室裡的人還是很多，幾個同事還在忙著處理毒品的案件，但他決定去巷口的便利商店買一碗熱騰騰的泡麵吃，然後回家睡覺去。

潘志明經過另一個同事的電腦前，他還在訊問一個嫌犯，才剛滿十八歲，因持有制式手槍被逮捕。

他翻了一下這件槍砲案的資料，「你十八歲？」嫌犯沒理會他。

「大白天的，在台北市區開槍恐嚇別人，你很屌嘛！」他繼續說。

「他一直不肯說出是誰給他槍的。」他同事無奈的說，「十八歲，刑法上都已經有責任能力了，最少判五年以上，如果供出上游的話，還有機會減刑，他不知道在堅持什麼。」

他低頭湊過去那個嫌犯的耳邊，講了一段話，然後笑嘻嘻的看著他。

那嫌犯突然震動了一下，看著潘志明說，「真的嗎？」

「我有說錯嗎？上次我跟他喝酒的時候，他當面跟我講的。」

「給我槍的人是斧頭幫的帶頭，他只跟我說，叫我去恐嚇那個角頭，這個罪判很輕。」

少年不爽的說，「幹！他竟然把我當作交槍的工具。」

他拍拍同事的肩膀，「剩下的給你問了。」

旁邊另一個同事好奇地問潘志明，「你跟嫌犯講了什麼？」

「我只是跟他說，每年我們分局都要槍枝的績效，你老大跟我們很熟，所以故意叫你去開槍，這樣我們才能抓你。而且，是你老大跟我們舉發你的。」

「你認識他老大？」同事不可置信的看著他。

「當然不認識啊！但是他們都是這樣的，叫小鬼出來交槍。」他輕描淡寫的說。

他步出分局大門，點了根菸。外面有點冷，不過因為室內全面禁菸，所以他也只能在外面抽菸。天氣微微下著雨，他正在想等等要吃什麼樣的泡麵。

「學長，有人報案。」值班的警員走出大門，意思很明白，他大概沒辦法下班了。他沒多說什麼，只跟那位警員點點頭，「你去啊！我要去吃早餐。」

那位警員苦笑，「這可是殺人案。從我調來這裡，都已經快十年了，從來就沒聽過轄區有這種案件，要麻煩你跟其他同事走一趟了。」

他聳聳肩，反正肚子餓也睡不著，地點也在附近而已，就當作免費為國家加班，總比打字好多了。外面的溫度很低，大約只有十度上下，他披上了外套，跨上了自己的摩托車，往黑暗中騎去。

＊＊＊＊＊＊

警方很快的以黃線把事故現場包圍起來，那是一間老公寓的三樓。台北市裡有許多這樣的老舊公寓，正在等待所謂的都市更新，這些公寓的外牆大部分已經剝落，也有頂樓加蓋或陽台增建。潘志明把摩托車停在黃線外，推開一些圍觀民眾，直接拉起黃線進入現場。斑駁的紅色鐵門半掩，樓梯間只有一盞昏黃的燈泡，好像隨時會熄滅。有一名穿著制服的派出所警員已經在現場，潘志明對他點點頭，隨口問了他什麼狀況。

「很慘。家裡只有三個人，死了兩個。母女都死了，剩下孫女還在。但是她什麼也不肯說，而且全身都是傷痕。阿嬤七十一歲，媽媽四十一歲，除此之外，還不知道詳細情況。」

警員嘆口氣說，「我從警校畢業這麼久，還沒看過這麼慘的情況，兩具屍體死狀很慘，你自己看。」

「孫女呢？幾歲？在哪裡？」潘志明問。

「十七歲，已經送去醫院了，據說狀況也不好，不過沒有生命危險。」他說。

這房子約二十幾坪，不過令人意外的是，格局很簡單，只有兩間房間，加上盥洗室與小客廳。外婆與母親的屍體都在客廳。

空氣中有濃厚的血腥味，伴隨潮濕的牆壁散發出來的味道，格外讓人不舒服。

外婆的喉嚨被切斷，血液已經凝固。客廳的家具有些混亂，有幾張椅子跌落在地上，桌上的物品也被揮到四處，看來這裡有打鬥的痕跡。而母親就躺在沙發上，身體上有好幾刀，不確定哪裡是致命傷。地上到處都是血跡，看來還需要一點時間蒐證。他揮了揮手，請派出所的警員聯繫市刑大的鑑識組前來蒐證。與此同時，他也透過地檢署的勤務中心，聯繫值勤的檢察官，雖然已是凌晨三點，然而這是重大刑案，他也只能請檢察官儘速確認現場能不能移動。

他拿出相機來，在每個有血跡的地方拍照。他注意到有個菸灰缸，裡面是空的，卻還有些許的菸灰，但是他嗅了四週，竟然聞不到任何的味道，就是一股發霉、混合著鮮血的空氣，充斥在公寓的客廳裡。

在等待檢察官接起電話的時候，他鉅細靡遺的把公寓裡所有的環境拍了下來，他意外的發現，只有兩個房間，一個是外婆的，另一個是母親的，那女孩的房間在哪裡？他走到後陽台，發現一條狗鍊，地上還有一個碗，難聞的臭味又撲鼻而來，但這次不是血腥味，而是餿水的味道。一個藍色的餿水桶，就擺在後陽台的盡頭，但是，沒有任何動物。

只有一張椰子床，髒兮兮的鋪在後陽台，還有一條很單薄的棉被，對照他身上穿著的厚重冬衣，格外醒目。

「報告檢座，目前正在等台北市刑警大隊的鑑識組來現場進一步採證。分局同仁已經初步拍照，也把可疑的證據扣押在案，請檢座指示。」他聽到警員用電話跟檢察官陳報目前的狀況。「唯一的生還者，也就是孫女，已經送到台北市立聯合醫院，沒有生命危險，等她身體康復後，我們會請同仁去做筆錄。另一位目擊者，現在已經在分局接受同仁訊問中。」

目前台灣的法醫數量嚴重不足，因此當有他殺的刑事案件發生，地檢署要進行相驗時，幾乎都沒有正式的法醫師，而是由沒有醫師執照的檢驗員負責第一線調查死因的工作，如果檢察官在相驗後進一步決定要解剖，地檢署人員就會聯絡法務部法醫研究所，以安排正式的法醫師，但是因為法務部法醫研究所的法醫師人數有限，又要負責全台灣的解剖工作，所以大部分死者沒辦法立即處理，要等候一陣子，才會有法醫師進行解剖程序。

年輕的警員雙手合十，用顫抖的聲音對著兩具遺體祝念，「請妳們盡快協助我們，早點抓到凶手。」

潘志明冷眼看著這個警員，因為這件事情謎團實在太多，他暫時也還沒辦法理出頭緒，只能等鑑識組進一步蒐證。他的肚子突然咕嚕咕嚕的叫，他摸摸肚子，現在應該要去吃碗泡麵的。不過，他還是決定先返回空盪盪的家裡補眠，等睡醒以後，他要好好的跟那位女孩談一談。

他走出公寓，沒想到竟然有記者已經到了現場採訪。他看了一下手錶，早上五點鐘，這些記者果然太認真。他不想理他們，直接跨越封鎖線，往巷口的便利商店走去。有個記者認識潘志明，神祕的攀住他，「長官，我剛剛問了幾個鄰居，據說這個媽媽的狀況不單純，而且還有個男人經常會進出她們家，你知道這件事嗎？」

潘志明沒說什麼，只拍拍那個記者的肩膀，「有消息我會跟你說。」

他太需要好好睡一覺，只是不知道，等待他的會不會是惡夢。

＊＊＊＊＊

林翊晴已經昏迷了兩天，在這兩天，警方持續的派駐警員在病房門口。這件命案在第二天以後，立刻成為全國新聞的頭條，不斷有記者希望可以訪問這位生還者，對於她的狀況，醫院基於保密原則，當然三緘其口，而警方在林翊晴還沒清醒前，也不敢掉以輕心，畢竟凶手是誰，目前還毫無頭緒。

倒是在這兩天，新聞媒體持續發燒，標題大多非常辛辣。「獨居母女慘遭殺害！首都治安亮紅燈。」「暗夜割喉！殺人凶手仍在逃！」「幼女獨活！母女慘死！」等等的標題，搭配僅憑猜測、非事實的內文，卻讓全國民眾為之沸騰，SNG車就在醫院外守候，而事故發生的地點也有記者駐守在其外，訪問一無所知的鄰居。

昏迷兩天後女孩終於醒了過來，潘志明在徵求醫生同意後，趕緊到場製作筆錄。

兩位女警在病房外，對著潘志明點點頭，低聲的對他說，「她早上醒過來到現在，一直都沒有說過話。」

「妳好嗎？」潘志明勉強的擠出這句問候的話，但是隨即覺得自己很蠢，拍了一下自己的頭，他自言自語的說「當然不好。」

林翊晴面無表情的看著他，然後再度閉上眼睛。

潘志明沒有放棄，還是跟她說，「妳知道妳媽跟阿嬤都過世了嗎？」

林翊晴沒說話，臉部表情一點變化也沒有，看不出她到底是憤怒還是悲傷。

「妳知道凶手是誰嗎？」潘志明追問。

她銅像般的表情，像是在跟潘志明示威，「我一句話也不會講的。」

「是妳殺了他們嗎？」潘志明冷不防說出了這句話。

林翊晴震動了一下，但隨即恢復正常，她還是不開口。

「好吧！」潘志明無奈的笑了一下，「我會再來看妳的，不然法官也會直接傳喚妳。希望到時候，妳是證人，不是被告。」

林翊晴聽到這段話，竟然開口說話：「這當中的差別是什麼？」

潘志明覺得有些訝異，她醒來的第一句話，竟然是問他「被告與證人的差別是什麼」？

「被告呢，就是被告，也就是犯人。證人呢，就是作證的人，原則上不是犯人。」潘志明硬著頭皮用最簡單的方式回答。

林翊晴聽完後，又閉上了眼睛不說話。

「妳倒是說說話啊？」潘志明急了，「現在所有人都在等妳的消息，究竟這件事情的真相是什麼？人是誰殺的？妳看到了什麼？」

沉默許久，大概是十分鐘吧！但就像是一世紀一樣的長。林翊晴突然又開口，「她們死了嗎？」

「她們？」潘志明有些不解，「妳是說妳阿嬤與媽媽嗎？她們已經不幸走了。」

林翊晴的臉部肌肉抽動了一下，但是沒有說話。

潘志明繼續問她，「妳希望她們死嗎？」

林翊晴張開眼睛看著潘志明，「你覺得我希望他們死嗎？」

聽到這個答案，潘志明有點錯愕，「我不知道，但是我想問妳，她們現在死了，妳怎麼看起來一點也不難過？」

「不是我殺的，我幹嘛要難過？」林翊晴回答。

這個答案讓潘志明覺得非常的詭異，誰殺的跟是否難過有關？她難道不是她媽親生的，抑或真的是她殺的？

「所以，妳可以告訴我當時的情況了嗎？」潘志明耐著性子問她。

林翊晴索性閉上眼睛不再理他，「我頭還是很痛，想要休息一下。我只能跟你說，我是受害者，不要對我這麼兇。」

他頓時覺得洩氣，如果她願意講些什麼，或是反應很慌張，至少他還能有點頭緒，但是她鎮定、毫不難過的樣子，竟然讓他直覺凶手很有可能就是她。

潘志明無可奈何，只好自我解嘲的說，「既然妳不想在這裡說什麼，我對於妳想保持沉默的作法也愛莫能助，妳就去跟法官說吧！總之我會先把妳當被告移送，真兇就讓他逍遙法外好了。」

林翊晴聽到這些話震動了一下，然後對潘志明開了口：「黃澤遠。他是我媽的男朋友，跟她年紀差不多。」

潘志明迅速的把這個身分與名字記在腦海裡，這算是收穫嗎？他只能苦笑，再回到辦公室想辦法找出這個重要的「嫌疑人」。他把整條街的監視攝影器都調過來，仔細的觀看。當時確實有幾個人在相近的時間點出現在公寓附近，但是因為監視器的畫面實在太過模糊，沒辦法鎖定特定人物。

他再用林翊晴給他的名字去查詢，結果發現全國竟然有十五個人同名同姓。他自嘲的笑了一下：「還好，只有十五個。」跟她母親差不多的年紀，約莫五十餘歲的男人，只剩下三個人，他心想，或許應該直接到戶籍地找他們，但是找得到嗎？或者說，真的有這個人嗎？

他走到警局門口，點燃了一根菸，時間是早上九點。這時候，電話突然響了。「潘志明先生嗎？我是你女兒潘昭盈的老師，她現在站在教學大樓的樓頂上，我們沒有人能勸她下來，可不可以拜託您現在過來？」話筒那端的聲音，聽起來非常焦急。

他心裡震了一下，「我立刻過去。」

顧不得電腦還沒關，一把抓起了鑰匙，騎了摩托車立刻往女兒的高中飛奔而去。

CHAPTER

02

後青春期的詩

蔡雨倫接到報社通知，就立刻來這裡等候，畢竟所有的訊息都被封鎖，他們也只能在這裡等候消息。她透過幾個社會線的同業跟警方聯繫，大概只知道死者的身分、年紀等等基本資料，還有這個倖存者在哪一間高中就讀而已，至於現場狀況，以及殺人動機，目前什麼都沒有。但是，她就是得想辦法找出一些資料。

事情發生到現在，雖然已經是兩天後，但是媒體仍然什麼資訊都沒有，早上總編輯還為了這件事，把所有的社會線記者找過來，狠狠的罵了一頓。

「你們比豬還不如！豬吃餿水還可以提供豬肉，我養你們這群廢物幹什麼！什麼消息也沒有，你們是薪水小偷嗎？」總編輯怒不可抑的把所有人罵了一頓。

有位菜鳥記者低聲的說了一句話：「警方就說偵查不公開啊！」

「幹！你說什麼？」總編輯直接走到那個記者前面，把報紙扔到他頭上，「你他媽的第一天出來上班嗎？沒有東西也要給我生出東西來！偵查不公開？那是騙你們這些新人的，含血含淚，都要給我寫篇小說、跑出獨家，不然報社養你們幹什麼？吃屎啊？」

沒人敢再吭聲，因為案子剛發生時，他們花了很大的工夫，卻怎麼樣也沒辦法套出來任何一絲案情。目前大家只能面面相覷，也不知道該怎麼處理。

所有人陸續從總編輯室出來，大家被罵完以後都很沮喪。蔡雨倫立刻跟所有同事說：

「不用洩氣，老總只是在鼓勵我們。現在來討論一下怎麼分配工作，地檢署、警方這裡，請小劉去跟；第一時間目擊的證人，想辦法看能不能套出他還有沒有內幕沒說的；另外一組人去醫院，訪問醫師、護士、清潔人員；小王去案發現場，看能不能進去再拍幾張驚悚照片，上次老總說屍體那張放在頭條不錯，不然就做成靈異故事也可以；小李麻煩協助小王，問鄰居她們平常的為人之類的，還有沒有人知道內幕；我會守在學校，她身體好了可能會回去上學，而且同學也會講一些八卦，這部分就我處理，有沒有問題？」

蔡雨倫看了一下大家，看來沒人有意見。「那就各自行動，快！」

三十分鐘後，蔡雨倫已經在學校門口。有些同業就守在門口，跟她開玩笑說：「這麼晚到，怎麼問得到東西？」

「不是啦！一大早就被罵！老總說現在的報導還不能符合本報社的風格，你們有什麼消息可以讓我們發揮的？配合一下啦！」蔡雨倫說。

「我們也問了幾個早到的學生，他們好像都還不是很清楚發生什麼事情。」一個電視台的攝影大哥說。「就是聽到說，殺人喔！好可怕。然後就嘻嘻哈哈的跑了。」

「吼！難道要我下：『沒有同學愛！孤女受害沒人疼！』之類的標題嗎？」蔡雨倫內心嘀咕了幾句，她心中已經在慢慢盤算，要怎麼寫篇文章來「解釋」這個「現象」。

她突然想起了以前流傳的一則中國式笑話：

「一開始，唐僧取經回北京，才下飛機，記者問：『你對酒店妹有何看法？』唐僧很吃驚：『北京也有酒店妹？』

記者第二天下標：『唐僧飛抵北京，開口便問有無酒店妹』。

後來唐僧學聰明了，記者又問唐僧：『你對酒店妹有何看法？』唐僧回：『不感興趣！』

記者再下標：『唐僧夜間娛樂要求高，本地酒店妹遭冷落』。

隔了兩天，記者再問唐僧，『你對酒店妹與3P有沒有什麼看法？』唐僧很生氣的回答：『什麼3P、4P、5P的？不知道！』

記者又下標：『3P已難滿足唐僧，要4P、5P方能過癮』。

另一個報社的記者後來再問唐僧，唐僧不發言。

記者第二天下標：『面對酒店妹問題，唐僧無言以對』。

唐僧大怒，對記者說，『這麼亂寫，我去法院告你！』

記者第二天下標：『唐僧一怒為酒店妹』。

唐僧氣急之下，對記者提告。

媒體爭相報導，標題是這樣寫的：『法庭將審理唐僧與酒店妹案』，唐僧看後氣得撞牆而死。

唐僧撞牆而死後，媒體補充報導：『為了酒店妹而殉情：唐僧的這一生』」

這也不能怪媒體，現在讀者都喜歡重口味的標題，想看聳動的內容，否則網路新聞沒有點閱率，紙本也不會有人買，廣告銷量要從哪裡來？反正，就算他們不這麼做，也會有其他報社這麼做。更何況，他們不喜歡，也就不會看，報紙願打，讀者願挨，不是嗎？

＊＊＊＊＊

林翊晴所就讀的高中，是學區內的普通高中，升學率一般，但終究是台北市立高中，各方面的資源還是不錯。陳傑倫，他擔任老師已經有十年之久，但是在這裡教書還是第一年。前幾天他還在跟老婆一起去度假，在今天返校之前，他並不知道自己會成為新聞人物。

一大早他就看見校門口有一堆新聞記者與ＳＮＧ車，他還以為是學校發生了什麼大事。直到他見到警衛，新聞記者蜂擁而上，他才知道事情不是他想像的這樣，原來是他班上的學生出事了。

「請問老師，林翊晴平常的表現如何？」
「林翊晴失去了媽媽與外婆，她會不會難過？」
「林翊晴跟同學的相處如何？」
「是不是林翊晴殺了她媽媽跟外婆？還是其他人做的？」

他被這麼大的陣仗嚇到手足無措，一句話都說不出口。事實上，他才剛到學校而已，連這位學生究竟發生什麼事都不知道，如何能有任何答案？他請警衛開路，口中連說「抱歉、借過」，才好不容易進入學校，把這些記者擋在外面。

只聽到人群中傳來一個問題，清脆而響亮，「你是不是有什麼難言之隱，不方便說？」

他心中暗罵了一句三字經，心裡想著，「我什麼都不知道，才是最大的難言之隱啊！」

校長遠遠看到他，立刻請他進校長室，把目前為止學校知道的所有訊息告知他。

「你班上的林翊晴同學現在人還在醫院。」校長以非常沉重的口吻跟他說。

「為什麼？」他還是很震驚。

「前兩天的凌晨，這個孩子的家裡發生凶殺命案，她母親與外婆都不幸遇害，只剩下她存活，目前警方正在保護她，醫院也在檢查她有沒有受到傷害。媒體從第一天就來了，一直沒訪問到你，難怪今天這麼瘋狂。」校長言簡意賅的把事情對他陳述了一遍。

「誰做的？」陳傑倫非常義憤填膺，「這麼傷害孩子跟她的家！」

「我不知道，現在警方正在調查中，沒有透露任何訊息給我們。」校長苦笑，「你可能要有心理準備，警方與媒體接下來會問你相關的情況。」

他沉思了一下，對著校長說，「但是她的情況我也不是很清楚。她平常的狀況很穩定，只是很沉默而已，下課以後就急忙趕回家，也沒有參加任何社團。成績大概中下程度，沒幾個好朋友。」

「等等你可能要先對學生說明情況，需要輔導主任過去幫忙嗎？」校長問。

「可以請他陪同，但是我應該自己溝通就可以了。」他肯定的說。

這件事情在學校內很快就傳開來，但是學生們只敢竊竊私語，陳傑倫進了教室後，嚴肅的站在講台上，眼光環顧每個孩子，輔導主任則是站在門口。

「咳！各位同學。」他用了一個平常的開場，但似乎有些難以啟齒，「我想你們大概都知道，林翊晴同學的家中發生了一點意外。」

講台下的學生有些騷動，「老師，什麼意外？」

「這個意外呢，就是……也就是，她們家有嚴重的意外，所以她暫時不能來上課。」老師吞吞吐吐的說。

「有人殺了她媽媽跟阿嬤。」台下冷冷的傳來這句話。鬧哄哄的氣氛頓時降到冰點，大家的目光紛紛往聲音的來源看，原來是林翊晴最好的朋友謝欣。謝欣一副懶洋洋的樣子，似乎對於這樣的事件一點也不意外。

「謝欣同學，妳這麼說似乎不太恰當，妳知道是誰殺的嗎？話不能亂說。」陳傑倫有點驚慌的阻止她。

「是嗎？」謝欣沒有再說話，只是挑動了一下眉毛，丟出短短的疑問句。

「老師，所以是林翊晴殺的嗎？」有位學生舉手發問。

「不可能。」老師斬釘截鐵的說，「謝欣，妳要道歉，怎麼可以讓其他同學以為是林翊晴做的？」

「我不知道凶手是不是她」，謝欣有些不耐煩，「不過，反正有人被謀殺就對了！」

陳傑倫有點氣結，他知道謝欣的個性，就是喜歡在暗處放冷槍。林翊晴沒什麼朋友，下課就是跟謝欣在一起，即便高中才剛開始一學期，或許同樣來自於單親家庭，他們沒多久就已經是好朋友。

學生們聽到這些話，開始出現喧鬧的聲音，「妳不要亂講！」「妳很誇張耶！」等等的叫喊，此起彼落，這個老師似乎有些無法控制場面。連忙大聲制止，「都不要再說了。」

謝欣霍地站起來，拿起書包，索性走出教室。老師與同學都被她的動作嚇呆了，來不及反應。陳傑倫跟著出了教室，不過等他走出去，已經看不到謝欣，他決定下課後直接去拜訪謝欣的家，一定要瞭解這件事的來龍去脈。

＊＊＊＊＊

潘志明站在教學大樓樓頂，風有點大，但是他的手心裡滿滿是汗，比起說服女兒，他寧願與嫌犯對峙，現在女兒就在他前面十公尺不到，但是中間隔了欄杆。因為是上課時間，學校又不准外人進入，所以樓下並沒有聚集很多人，但是還是有零星幾個人在樓下攝影。

老師哭喪著臉，不斷的向潘志明解釋，「今天早上朝會的時候，學校請了一位校外人士來演講，所以對於秩序比較要求。你女兒當時在打瞌睡，教務主任看到就要她站起來罰站，然後背了一個牌子『我不該打瞌睡』，只不過十分鐘而已，就讓她坐下來。剛剛上課都好好的，怎麼突然就這樣了？」

他瞪了老師一眼，「現在講這個有什麼用？我女兒自尊心很強，你們不知道嗎？」

「但是其他同學被要求罰站，都沒有這個問題……」老師還沒講完就被潘志明打斷。

「你不要說了。」他轉頭對潘昭盈說，「老師這樣是老師不對，我會幫妳找律師提告，好不好？妳快過來，我帶妳回家。」

潘昭盈看了他一眼，冷冷的說，「根本就不是這個問題，你可不可以不要再裝了，你根本就不愛我，是個失敗的父親。」

「好，都是我的錯，妳可不可以先過來這裡。」潘志明的聲音很顫抖，面對女兒，抓嫌犯的氣魄都消失了。

「你跟媽一直吵架，你知不知道我很煩！你們為什麼要把我生下來？」

下課鐘響，陸續有學生跑出教室，聚集在樓下廣場，突然有個拿著手機一直攝影的學生向潘昭盈大叫：「妳到底要不要跳，等很久了耶！」

潘志明張大嘴巴，以為潘昭盈會跳下去。但潘昭盈卻優雅的轉過身來，跨過欄杆跟潘志明說：「沒意思，這次放過你們。」

看著女兒鎮定的走過身邊，他跌坐在地上，不知道該說些什麼。

輔導老師忙著安撫潘昭盈，「還好這件事情沒上報，應該不會對妳有什麼影響，但是以後不要再這樣了，妳知道有多少人會為妳擔心嗎？」

潘昭盈面無表情的看了老師一眼，「誰會擔心？」接著就漠然的走進教室裡，毫不理會眾人的驚愕。

潘志明的電話又在這時候響起，他看了號碼，並不認識。他雖然被女兒嚇得驚魂未定，但想想現在正在辦案，還是得把電話接起。原來是林翊晴就讀的學校老師打來，「林翊晴的同學？她這麼說？好，我過去她家看看。」

＊＊＊＊＊

謝欣離開教室後，並沒有回來上課，看來也沒在學校。陳傑倫一直等到下課後，才從側門溜出去，免得媒體逮到他。他想去看看謝欣有沒有在家，順便拜訪謝欣的媽媽。學校知道謝欣在學校的發言後，立刻通知警方。潘志明跟老師就約在謝欣家附近，一起去找她。老師氣喘吁吁的爬到了四樓，那是一間老式公寓，門口瀰漫著一股腐臭的味道，可能廚餘就堆在門口，他小心翼翼的繞過去，嘗試按門鈴。很意外的，是由一個男人來開門，那個男人滿懷敵意的問他是誰，他吞吞吐吐的說，是謝欣的老師，男人的臉部線條才比較放鬆一些。

潘志明一把推開陳傑倫，直接對那個男人說，「我是潘志明，松山分局的偵查佐，想請問謝欣同學在嗎？」

那個男人聳聳肩就離開家了，「不關我的事，我先走了。」

他探頭看了一下裡面，一個濃妝豔抹的女人翹著腳，坐在沙發上抽菸，她皺起眉頭，「我女兒不是在學校嗎？她又惹事了？這次連警察都來了，也太誇張！」

「我是她的老師，她剛剛突然拿了書包就離開學校了。」陳傑倫惶恐的說。

「喔？不過就是蹺課，關警察什麼事？」那女人毫不在意，「那大概是去她男友家了，我也不知道在哪裡，你們就別問我了，我睏得很，不介意的話，請你們離開吧！」

潘志明趁機環顧了客廳，空的啤酒罐散落一地，餐桌上有沒吃完的泡麵，空氣裡有股食物腐壞的味道，菸屁股插在菸灰缸上，幾乎全滿。他嘆了一口氣，低聲對著陳傑倫說，「你從來沒來看過她們家？」

陳傑倫搖搖頭，「這女孩在學校一切正常，只是孤僻了點而已。」

他們離開了謝欣家，在便利商店的轉角處竟然看到謝欣，正坐在摩托車上滑手機。

「謝欣同學，妳要跟我們談一下關於林翊晴的事情嗎？」潘志明問。

「你哪位？」謝欣打量著這個男人，「我為什麼要跟你說？」

「不要沒禮貌！」陳傑倫喝斥她，「他是分局的警官。」

「可以啊！但是你要我出賣同學，這可是很珍貴的情報。你們想破案，就要給我錢。」

謝欣熟練的掏出一根菸點了起來，模樣神似她母親。

陳傑倫驚訝的張大嘴，「妳在說什麼？妳平常不是這樣子的！」

謝欣冷笑，「老師，你知道我平常是什麼樣子？」

「好的，我會付錢，妳要多少？」潘志明阻止了老師繼續說話。

「好啊！你要給我多少？」她露出淘氣的眼神，「至少要一千元。」

潘志明搖搖頭，「我只能給五百元。我怎麼知道妳說的內容是不是真的？」

「那就八百，不要再殺價了。」謝欣看起來有點失望，「而且，我出賣我最好的朋友，沒有必要騙你。」

「成交！」潘志明心中其實有些難過。

陳傑倫看著他們討價還價，只能咋舌，口中嘟囔著說，「這年頭是怎麼了？」

＊＊＊＊＊

「我根本不在乎有沒有朋友，特別是在學校裡。

我從小就對於升學一點興趣也沒有，還好我媽也不在乎。我爸？你要談他？我很想說他死了，不過很不幸的他還活著。他除了喝酒外，什麼也不會，我國中的時候，他開始會對我毛手毛腳，後來乾脆上了我，沒幾次，因為我跟我媽說這件事，我媽知道以後，跟他大吵一架，最後竟然說是我誘惑他。

幹！誘惑屁啦！

我不想說這一塊，總之我媽把他趕走，因為一天到晚都有債主來找我媽，後來我們就搬家到這裡來。我媽什麼也不會，只好到酒店上班還債。

我們常常搬家，我本來就沒想認識誰。新生訓練的時候，林翊晴坐在我旁邊，她看起來跟我一樣，一點也不興奮，我跟她打招呼，她也只是淡淡的點頭而已。

後來，我們的位置剛好在隔壁，我開始跟她聊天。我媽沒空幫我帶便當，但是我身上有錢買。我的錢怎麼來？你問這麼多幹嘛？你等一下也會給我錢啊！反正，我每次都注意到她的便當裡都是一坨飯而已，我就會叫她丟掉，我把我的便當分給她吃，我們可能就因為便當而變得越來越熟。

為什麼只有一坨飯？我有問她啊！她只是笑，也不回答我。上個月有男生約她出去，她不想去，那個男生在樓梯間打她一巴掌，她沒有反擊，但我看了很不爽，所以就把那個男生約出來，叫我男友們打他一頓。她知道以後也沒有比較好，但是跟我說，她活得很不開心。

她有臉書，但是沒有發過多少動態，非常無聊，頂多就是她們家養狗的一些用具，像是狗鍊或是放在地上的碗之類的。不過如果你要用我的帳號看，我要另外收錢。

她家沒養狗？那我就不知道了。至於她的家人？有阿嬤跟她媽，我沒聽她講過她爸，但好像有一個叔叔。她每天下課就急著回家，我問她幹嘛這樣？她就說叔叔會罵，而且叔叔會對她毛手毛腳，至於那個叔叔是誰，我就不知道了。

她是好人，但是很冷，我也不知道她有沒有把我當作她的好朋友，哈哈！」

＊＊＊＊＊

潘志明靜靜的聽完這些話，覺得似乎抓到些什麼，但還是很模糊。他跟謝欣借了手機進入她的臉書，果然很快找到了林翊晴的臉書。如同她所說，什麼都沒有，只有孤獨的幾張照片。就像當天他在現場拍到的那幾張照片一樣，但是，他沒有看到任何一隻寵物，只看到孤伶伶的寵物用具，凌亂的放在地上。

這會是家庭暴力衍生出來的悲劇嗎？是林翊晴下的毒手嗎？他直覺認為，這或許是仇殺，而林翊晴的犯罪嫌疑應該相當重大，但是他不知道該如何突破林翊晴的心防。他點起了一根菸，靜靜的整理自己的思緒。

是不是應該要幫她找一位律師？至少被告都是信任律師的吧？如果要找律師，他應該可以找那個人來協助。律師跟她談過以後，或許會有新的發現。還有，他也必須想想，女兒的問題該怎麼辦。

CHAPTER

03

手寫的從前

夏青急忙的從事務所拿了卷宗往外走，因為她沒有把握在三十分鐘內趕到台北地方法院檢察署，剛剛那個離婚會談花了太久時間，她努力的說服女方再回去跟先生溝通看看，畢竟離婚的理由不是很充分，或許可以嘗試協議離婚，不要提告比較好。

「又不是夜半無車無人，怎麼可能會準時到？」她一邊嘟囔，一邊招了計程車，「這個月的交通開銷真大，法律扶助基金會就補助這麼一點錢，怎麼會夠用？」

坐上計程車以後，手機鈴響，「我是夏律師，請說。」

「律師，聽助理說妳要開庭，所以我直接打手機給妳，可不可以請教一個問題。」電話那頭的聽起來是個阿嬤，聲音相當焦急。

「沒問題啊！我在計程車上，還有時間可以回答。」夏青輕鬆的說。

「我剛剛收到一張台南地方法院寄來的通知，好像是通知我欠人家錢。」那阿嬤結巴的用國語說。「我講台語妳聽得懂嗎？」

「可以啊！妳看得懂字嗎？讀給我聽好不好？」夏青說。

「好，伊頂頭講是支付命令，講我欠一個人十萬元。但是我不認識這個人，也沒有欠他錢，我要怎麼辦？阮兒子也沒在我身邊，全家只剩下我一個人住在這裡，要怎麼辦？」她一邊說一邊夾帶哭音。

夏青深呼吸了一口氣，「妳明天到台南地方法院，就是安南區那裡，寫一張異議狀。對，就是一個田再一個共，一個言，再一個意義的義。法院的服務處有範本可以讓妳抄。」

「這樣就可以了嗎？」阿嬤語氣聽起來和緩了不少。

「沒問題的，法院服務處的人會教妳怎麼寫。這應該是詐騙集團，妳放心，他們不敢出庭跟妳要錢的。」夏青肯定的說。

「那我就放心了，謝謝妳，我要給妳多少錢？」阿嬤問。

「不用錢，而且我要跟妳要錢也收不到啊！」夏青覺得有點好笑，「妳為什麼會一個人住啊？」

「阮老伴已經走啊，兒子又在台北工作，我聯絡不到他，厝邊的鄰居幫我問律師的電話才找到妳。」

她掛上電話前，不忘對阿嬤安慰兩句，兩個人竟然就這麼聊了起來。

計程車停在法院門口，她三步併做兩步的跑進法院裡。她早已習慣不穿高跟鞋，有些客戶會跟她說，這樣一點女人味也沒有，她則是翻白眼對他們說，「那是什麼？可以吃的嗎？」

「還好來得及。」她拍拍胸脯對自己說。這個案件是擔任告訴代理人，對方因為酒後駕車，撞傷她的當事人，他目前還在醫院裡。

在法院程序裡，主要是辯方（被告、辯護人）、控方（檢察官）與院方（法院）在進行廝殺。但是不論被害人或是告訴代理人，可以參與的程度都很低，最多就是陳述意見而已。

法院正在進行準備程序，也就是讓被告與檢察官各自向法院聲請想要調查的證據，並由法官評估是否有必要調查。這個案件已經進行兩次準備程序，先前被告都不願意認罪，堅稱是被害人自己跑出來讓他撞的。

法官推了一下眼鏡，行禮如儀的詢問被告：「請問被告是否認罪？」

「我認罪，希望法院可以給我緩刑的機會。」被告突然抬頭，像是下了極大的決心一樣。「我在國外旅居多年，真的不知道台灣的法律規定。」

除了辯護人，所有人都被突如其來的認罪嚇到，當然包括夏青。

「既然被告願意認罪，我想詢問被告，有沒有意願與被害人和解，給予一定程度的補償？」法官問。

「我沒有錢，沒辦法補償他。畢竟，他自己也有錯，突然跑出來讓我措手不及，發生這種事情我也很無奈。但是我認罪，希望庭上可以給我緩刑的機會。」他的眼光閃爍，又重複了一次緩刑的請求。

所謂緩刑，就是如果被判處兩年以下有期徒刑時，可以宣告暫時不執行一段時間，一般而言是二到五年，只要時間過後，就不用執行判決，而且不會有所謂的犯罪紀錄。

夏青坐在告訴代理人席次中，聽著這位被告所謂的「認罪」，她已經快發火，等待被告陳述完後，她舉起手，希望法官可以給她機會對被告發問。就程序而言，這是不合法的，但是法官竟然允許她這麼做，夏青自己也深感意外。

「請問被告，你聲稱你不知道台灣法規禁止酒後開車？」夏青壓抑住怒氣問。

「我不知道。」被告昂首回答。

「所以你認為是被害人自己跑出來撞你的，你很難避免？」夏青又追問。

「對。當時我真的來不及反應。」被告跟著回答。

「所以這個意思是說，你不知道法律規定，所以不知道自己犯法；你來不及反應，都是對方的錯，所以你沒錯？」夏青一連串發問，「那麼你幹嘛認罪？」

只見被告與辯護律師臉色一陣青一陣白，法官則是微笑不語。

檢察官站起身來對法官說，「檢方不同意被告認罪，因為被告的答辯根本不是認罪。」

夏青緊接在檢察官之後，也向法官請求發言，「如果只要被告在庭上說一些無關痛癢的認罪言語，法院就可以給予緩刑，這樣無疑是在賤賣司法，而且也會讓一般民眾對於所謂的認罪產生懷疑。真正的認罪，不是在法庭上講認罪就好，而是從他的行為去觀察。被害人沒辦法同意被告這樣所謂的認罪。」

法官目光如炬，直視著被告，「被告，聽到告訴代理人的話以後，你還是堅持要這麼說嗎？」

＊＊＊＊＊＊

夏青步出了法庭，伸了一下懶腰，才發現手機竟然有十餘通的未接來電，而且都是同一個人打來的。

「如果是有密集恐懼症的人，看到這種打電話的方式，應該會想把手機丟掉。」她很無奈的苦笑，但想對方應該有急事。

「律師嗎？有件殺人案的辯護，想要請妳幫忙。」對方是一個認識很久的警察，之前因為幫他辯護，兩個人的私交相當好。

「關你什麼事？」夏青笑著問，「你什麼時候也幫人家仲介律師了？」

「因為她的家人都過世了，而我認為，凶手就是她。」潘志明用低沉的聲音回應，「但是又有些事情很難解釋，所以我希望妳可以幫忙。」

潘志明跟她，是因為某一件業務過失致死的案件認識的。那件官司對於潘志明的影響很大，不過從此之後，他們就從當事人的關係轉變為好朋友。這種緣分，即使在同性間，也難得一見，更別說是異性。她常說，應該是因為自己個性很海派的關係，而潘志明也從來不把她當作需要保護與照顧的女生。她，最討厭歧視女律師的刑警。

潘志明簡單的把目前發現的事實對她說明，然後直接約在醫院門口見面。

＊＊＊＊＊

雖然距離案發時間才過兩天，但是在醫院裡的林翊晴看起來已經好很多，只是還有婦幼隊的女警協助監看她，畢竟她是唯一的證人，或者是，可能的被告之一。

「目前她的身體狀況如何？」潘志明問了醫師。

「我們做了檢查以後，外傷的部分大致上還好，但是她一直不願意開口回答任何問題。」醫師說。

「大概多久之後可以接受警方訊問？」潘志明問。

「如果你是問我，她的身體狀況能不能接受訊問，我會說可以。但是如果你要問我，她的心理狀況是否適合接受司法調查，我會說我不知道。」醫師無奈的回答。

潘志明點點頭，轉向夏青說，「要不要進來病房問她的意見？」

床邊的女警向潘志明敬禮，他對她點點頭。

林翊晴躺在床上，閉著眼睛沒有說話。

「她一直都是這樣嗎？」潘志明問。

「報告學長，她清醒的時間很長，但是除了配合檢查會簡短的回應外，都是看著窗外，什麼也不說。我好幾次問她問題，想跟她聊聊，她都好像沒聽到一樣，完全沒反應。」女警說。

潘志明與夏青彼此對看了一下，潘志明決定試試看，希望至少在少年法庭的法官傳喚她之前，可以問出一些什麼。

「林翊晴同學，我是潘志明偵查佐，妳還記得我嗎？」潘志明小聲的問她。

林翊晴的眼皮稍微動了一下，但是沒有回應。

「我想問妳一些問題，關於妳的阿嬤，還有媽媽過世的事情，妳可以幫我嗎？」潘志明溫柔的問她。

林翊晴的眼皮急速的跳動，仍然不說話。

夏青忍不住開口，「我是夏青律師，也是潘志明的朋友。現在事實與真相都還不明確，如果妳沒辦法說明究竟現場發生什麼事，將來或許妳會被起訴，而真兇也無法抓到，所以我希望妳可以跟我聊聊，我會幫妳聲請調查證據，向少年法院的法官說明清楚。」

林翊晴突然張開眼睛，「我不需要律師，你們都走吧。」

潘志明有些無奈，「那麼等所有的物證結果回來以後，我只好直接移送少年法院的法官調查了。」

「隨便。」林翊晴只回了這兩個字。

「妳就算不為自己想，也要為死去的她們想。難道妳想蒙受不白之冤，或者根本不想找出真正殺害她們的凶手嗎？」夏青說。

林翊晴又閉上眼睛。

夏青索性坐在床邊，「妳已經沒有親人了。如果這件事是妳做的，或許妳曾經受過很多苦，也或許這些事情都是親人對妳做的。但無論如何，人生總是要往前走，把這些事情逐漸的消化掉。妳選擇了殺人，就應該接受法律的制裁。如果這件事不是妳做的，就得把當時的情況說明白，讓警方可以抓到嫌犯。難道妳不希望這樣嗎？」

林翊晴再度睜開眼睛，直直的看著夏青，「妳很特別，也很囉唆，但事情不是妳想的這樣。妳想要當我的律師嗎？可以啊！我只希望妳不要後悔，還有，我沒有錢付妳律師費。」

夏青很無奈，「我不會後悔的，請妳把一切告訴我。」她向潘志明示意，要他跟另一位女警在病房外等候。

「我必須要在現場，她跑了怎麼辦？她是現場唯一的目擊證人，而且有可能就是嫌犯。」潘志明說。

「我會負責。現在起我跟你就是不同陣營了，你是控方、我是辯方。」夏青認真的說。「我不能讓你在現場，刑事訴訟法也賦予我這樣的權利。」

「這是一種過河拆橋的概念嗎？」潘志明苦笑，「基於職責，既然她已經可以跟律師談話，代表她已恢復健康可以應訊，所以我會立刻聯繫少年法院，請他們安排調查的庭期，我也會回去看現場鑑識的報告出來沒有。」

夏青點點頭。「不過我還不是她的正式輔佐人，她還未成年，沒辦法委任律師。」

「到時候再由她跟法院說明，請法院指定妳吧！」潘志明發狠的說，「不過，以後我也不會跟妳透露我蒐集到的證據了。」

夏青聳聳肩，「那就各憑本事了。」

「那麼妳可能要爭取時間了，因為如果證據足夠，我就會打電話給少年法院的法官，要不要申請同行書，讓法官通知她來開庭。」潘志明揮揮手，自顧自的離開，但是她還是請女警在旁邊等候。「我不能讓疑犯逃跑，還是請妳見諒。」

病房裡只剩下三個人了，聲音像是瞬間凍結起來，沒有人說話，只清楚的聽見時鐘的滴答聲。

過了五分鐘，夏青先開口，「請妳告訴我整件事情的經過，好嗎？」

＊＊＊＊＊＊

她不知道該從什麼時候說起才好，只記得她們家一直有男人，但是沒有父親。

她不知道父親是誰，因為從小母親就會叫她稱呼不同的男人為爸爸。當她問母親這個問題，「為什麼我的爸爸都不一樣？」母親就會打她一巴掌，惡狠狠的跟她說，「妳爸早就死了，我是在替妳找爸爸。」

死了是什麼？當時她年紀還小，不知道意思。但是後來她慢慢理解，父親或許沒死，死亡只是一個代名詞，總之母親很恨他。她無法從母親那裡知道太多，倒是外婆經常的在酒後辱罵她的父親，因為她是在母親被父親性侵害後生下來的。父親雖然已經出獄，但現在不知所蹤，母親也不希望他再來打擾生活。

母親很認真工作，但是無論如何，都沒辦法應付外婆。因為外婆喜歡賭博。每次搬到新家，她就是有辦法找到附近的賭場，然後輸了一屁股債。每當債主到家裡討債，母親就把生活費給他們，再跟認識的男人要錢。母親每次都很生氣的要求外婆戒賭，外婆也每次都答應她，但是沒多久就會再來一次。

到最後，母親愛的男人總是會離開她，而母親則是會打她出氣。從她有記憶以來，就要開始幫忙做家事，甚至到後來，所有的事情都必須由她來做，連受氣也是。

外婆只要賭輸回家，除了用藤條狠狠的抽打她的身體外，還會要她睡在陽台上，即使在冬天，她也只能拿到一條薄被子。吃飯、睡覺都在陽台上，晚餐還只能是前幾天剩下來的食物。如果賭贏了，那天就可以睡在屋裡，外婆會讓她睡在客廳的沙發上，也可以在餐桌上吃晚餐。只可惜，外婆總是輸多贏少。

「妳就是流著垃圾的血！妳看看妳的掌紋，竟然還是斷掌，妳阿母跟我，就是會被妳剋死。」只要外婆喝醉，就會這麼說她。

她會默默的收拾被外婆打破的碗盤碎片，然後安分的到陽台睡覺。

有時候天氣太冷，她在一邊打哆嗦時，會想到她的父親，究竟是什麼樣的人，有沒有找過她。

她嘗試反抗過，但是外婆總會威脅她，只要被人家知道，她就會無家可歸。曾經有一次，她只是對外婆頂嘴，「媽為什麼要把我生下來？」

外婆用醉眼冷冷的看著她，然後用狗鍊套在她頸上，「狗也會說話？」然後逼她跪下來認錯。

之後，她不再嘗試反抗了，那條狗鍊就像示威般的掛在陽台床邊，跟她的碗放在一起。

國中以後，她的便當就永遠都是前天晚餐吃剩的，而且只能帶飯，頂多一點菜，可能是因為外婆覺得給她算浪費，她沒問過。但是只要她想多拿幾樣菜，外婆就會拿筷子敲打她的手。如果當天外婆賭輸錢，甚至會就叫她把陽台的餿水「食物」自己舀來吃。

當然，她從來沒吃，就這麼餓著，然後用那條薄薄的棉被蓋著自己瘦小的身軀，睡在餿水桶旁邊。

所有的一切，母親都看在眼裡，但是她不說話，只會用充滿恨意的眼神冷冷看著她。她最常對她說的話就是「我當年如果沒有生下妳」或是「如果當年我把妳掐死就好了」。「為什麼要把我生下來」、「為什麼不掐死我」，她也常問自己這些不會有答案的話。

母親對於這些事情視而不見外，倒是不常打她，只有在失戀的時候，會喃喃自語的怪罪她，喝了幾杯酒以後，會要她去陽台罰跪，不讓她進門。她起初還會哭求，後來她知道，這種哀求只會讓她被關在外面更久。因為，她本來就不被這家人期待。

去年開始，有個男人再度闖進她們家，或者說是闖入她母親的心中。一開始，她並不知道他是誰，但是他對母親很好。他會溫柔的帶她去看電影、逛街，也會送給她一些禮物，母親還曾經炫耀過他送的一只戒指，那顆戒台上的紅寶石，血紅的顏色，映著母親的臉。

她也很喜歡這個男人，因為只要他來，她就不用睡陽台。母親會把陽台打掃乾淨，讓她睡在沙發上。母親跟男人說，因為租的房子太小，所以暫時讓她睡在這裡，等到搬家以後，一定會有個大房間給她。

然而，幾次以後，她發現這男人看她的眼光開始有些不同。那天晚上，母親喝醉了，就睡在房裡。她在沙發上睡覺，隱隱約約覺得有人正在碰觸她的胸部，接著用力的把她的衣服撕開。她睜開眼睛，發現那個男人已經脫下褲子，一張醜陋的老臉，靠著她非常近，接著她的衣服被他強行褪去。男人粗暴的動作讓她的睡意瞬間全消，起身把他推開想大叫，但是嘴巴立刻被他捂住。

他在她的耳邊輕聲的說，「反正妳早晚也要跟別人做，先跟我做好了。」她聽了這句話，眼淚立刻掉出來。她猛烈的反抗，踢了他下體一腳。他痛得蹲下來，撞倒了旁邊的椅子，她則是站起身來。這時候，全家人大概都被吵醒了。外婆披上了外套，走出來看怎麼回事，連她母親也因為巨大的聲響，從床上起身。

兩個女人眼前所見，是這個男人的褲子竟然半褪在膝間，倒在地上痛得打滾，而女孩則是緊抿著嘴，一句話也不說。他看到她們，慌張的說，「都是她誘惑我，我是無辜的。」

外婆大概知道怎麼回事，立刻罵這個男人，「你這個禽獸，哪有可能我孫女誘惑你？」外婆拿起了旁邊的掃帚，直接往這個男人的身上打。那男人一面忙著把褲子穿上，一面躲著外婆的攻擊。母親則是轉身進廚房，拿起了一把刀，氣憤的過來要砍他。

「我是哪一點比不上我女兒？你這個不要臉的男人，我看錯你了！」母親哭紅了眼睛嘶吼著。

他看到她拿刀出來，也怒了，顧不得下體疼痛，衝到她身邊把刀子搶下來，「妳們給我小心點，不要逼我動手。」

外婆把掃帚往他身上打，他大喊一聲，刀子就往外婆喉嚨劃，鮮紅的血液就這麼流出來。母親看到這場景，顧不得身上沒有任何武器，就想衝過去救外婆，但是男人反手往母親身上刺了好幾刀。母親一邊哭，一邊用手去阻擋。她想過去幫忙，只見男人惡狠狠的說，「我不差多殺一個，不要過來。」

在阻擋中，自己也被劃了好幾刀，忍痛拿起了桌旁的檯燈，把他的刀打掉，然後把刀子撿起來，希望能保護她自己，但他還是發狂的毆打她，並且把她壓在地上，不停的拿她的頭撞地。在混亂之中，她又往他下體踢了一腳，他跌倒後立刻站起身來往門口跑。

＊＊＊＊＊

不知不覺，時間竟然過了五個小時，天色已暗。夏青聽完這個故事，就像是在短暫時間裡，經過了一段別人的人生。女警則是在旁邊啜泣，因為這個故事真的太悲慘，一點也不像是真實世界會發生的事。而林翊晴在講述時，就像是在講別人的故事一樣，一直面無表情，沒人猜得出她在想什麼。

「律師小姐，妳想好怎麼幫我辯護了嗎？」她問。

「當然是把黃澤遠找出來，如果有其他的現場證據佐證，應該就可以還妳清白。不過目前我還不知道情況，沒辦法有更具體的訴訟策略。」夏青說，「如果是真的找不到犯人，妳又被認為是唯一的嫌犯的狀況下，因為妳未滿十八歲，應該會先移送少年法院處理，由法官決定要不要移送地檢署。如果法官認為妳的犯罪嫌疑重大，大概就會請檢察官調查。相反的，如果法官認為妳無罪，就會直接結案。這段時間，我會請法院指派社工介入，好好照顧妳的生活。」

「喔？」她心不在焉的回應，「警察會很快抓到他嗎？」

「我不知道。會盡力吧！」夏青說。「我先把這些記錄整理一下，之後幫妳提出答辯理由狀。」

「都好。」她看起來仍然漠不關心，「律師小姐，希望妳夠厲害。」

「我當然會盡力還妳清白。」夏青簡短的回應，「但是我也希望妳可以配合我。」

「哈哈，無所謂了。」林翊晴說，「有時候，死了也好。」

夏青嘆了一口氣，知道再也問不出什麼，而且她覺得林翊晴有股說不出來的憂鬱。她結束了對話，把孩子交給女警後走出病房，但隱約覺得有些地方不太對勁，說不上來的怪。接著，她打給了潘志明。

「我問完了，我覺得不是她殺的。」夏青說，「雖然我不知道為什麼，但總有點不安。」

「因為她應該是家暴的受害者，對吧？」潘志明說，「妳也跟我一樣的懷疑嗎？」

夏青沒有說話，因為辯護不能只憑直覺。

「等其他資料出現，我們再來判斷好了。」潘志明說，「現場一定有指紋，驗出來就知道她說的是不是真的了。我會請女警再對她做一次筆錄，到時候再請妳陪同。」

夏青點點頭。

CHAPTER

04

以父之名

潘志明在跟夏青通電話後回到分局，相關的鑑識資料已經回到他的桌上，他把現場拍到的照片也沖洗出來，一張張的翻閱，他仔細的檢視，希望能發現任何的蛛絲馬跡。現場有扣到凶刀，上面竟然有林翊晴的完整指紋，還有幾枚不容易辨認的殘缺指紋。雖然還不能確定剩下的指紋是誰的，但這一點讓潘志明確定，林翊晴應該至少涉嫌重大。另外，刀子上還有三個人的血跡反應。而在現場採集的指紋中，也確實有第四個人，從沙發、杯子、菸灰缸等等，都採集到這個人的指紋。從指紋資料庫中，他很快的調出了這個人的數位相片影像卡，果然是黃澤遠。這個人沒有任何前科，著實讓他覺得詭異，能下如此重手的人，怎麼一點前科記錄也沒有？不過他旋即覺得自己很愚蠢，怎麼會用一個人的前科來判斷會不會犯法？至於法醫研究所的報告還沒出來，無從得知這兩位死者的刀痕方向，或者究竟有幾人行兇。

他揉了一下眼睛，決定在做完被告與證人筆錄後，把這些資料先交給少年法院的法官。被告終於願意開口，可以先問這個女孩；至於證人，那就是鄰居王建州了，他發了約談通知給他，但是據說他現在很忙，不容易聯絡上，所以一直沒遇到他。

還有，他得回家，女兒今天早上發生的事情，他也不知道該怎麼辦，他唯一確定的事，就是他得知道究竟發生什麼事情。他很快的跟同事交接了其他案件的處理情況，這幾天著實讓他精疲力竭，只要閉上眼睛，就會想到現場血腥的畫面，大概都是其他同事幫忙處理其他的業務，他才還有辦法度過這幾天。

潘志明的家與辦公室有些距離，他回到家的時候，已經晚上八點多。

打開家門，他發現家裡是暗的。潘志明以為家裡沒人，還在納悶他女兒怎麼還沒回家，打開燈後，發現女兒就坐在客廳裡。

「妳今天是怎麼了？嚇死老爸了。」潘志明說。

潘昭盈站起身來，看著他說，「我很好奇，如果你沒時間照顧我的感受，當年你為什麼不把我射在牆壁上就好？」

潘志明皺了一下眉頭，口氣跟剛剛完全不一樣了，「妳他媽的在雞巴什麼？女孩子說這個什麼話？妳知道妳今天在學校很誇張嗎？妳媽又去哪裡了？」

他看著這個女兒，個頭已經都快比他高了。

他與太太結婚快二十年，當年結婚的時候，他還不是刑警，只是一般的警察。勤務雖然辛苦，但總有不算正常但還可以接受的生活。後來，太太最常抱怨的，就是：「當年我是嫁給警察，可不是嫁給刑警。」是的，警察與刑警，雖然都要維護治安，但是工作內容的差異可大了。對潘志明而言，這是他原本就想要做的工作；但是對太太而言，卻是惡夢的開始。這幾年，他老婆就是想跟他離婚，說嫁給刑警沒保障也沒幸福，老公是不是還活著、在幹嘛，都不知道。什麼時候死了，也只能等著領撫卹金而已。

他調查刑案、逮捕嫌犯，可以用「奮不顧身」來形容，幾年前還因為過於認真而上報。他在逮捕通緝犯時，因為開了三槍而被判刑，這件事情成為他太太積極求去的導火線。

＊＊＊＊＊

那天，他在查案的時候，偶然發現路邊停了一台贓車，裡面就一個人，但神情緊張，像是在等人。他假裝漫不經心的走過去，準備一舉成擒。當然，事情不會這麼順利。他過去車子旁邊，先請車內的人熄火後搖下車窗。他拿出證件表明刑警的身分，禮貌的請對方提供身分證明。這個年輕人神情緊張的看著他說，「我沒帶身分證。」與此同時，潘志明聞到車子裡面有一股K他命的味道，他心裡有數，對方肯定沒帶證件，而口頭提供的個人資料，應該也有問題。

潘志明拿出身上配置的小電腦，進入資料庫，用電腦掃描辨識臉部照片。發現這個人所提供的資料果然是假的。潘志明不動聲色的請他下車，宣稱這位仁兄的個人資料似乎有誤，請他幫忙確認。他連聲答應，並且準備開門下車。但是就在要打開車門之際，他竟然直接發動引擎，顧不得潘志明的手還在車窗內，便猛踩油門往前衝。

潘志明緊拉住他的左手不放，大聲斥責要對方停車。但是這個年輕人竟然絲毫無停下來的意思，反而加速拖行潘志明。潘志明只得掏出手槍，往他的下半身射了一槍。在危急之中，他只來得及往車內射擊，根本沒注意射在哪裡。但因為手槍的後座力，潘志明只能鬆開年輕人的手臂，並且被車子甩開來。潘志明當下立刻再開兩槍，想要射破車子的輪胎，讓車子可以停下來。

是的，車子突然間開始打轉，而且撞上了路旁的倉庫鐵捲門，所以確實停了下來。潘志明在地上打滾了幾圈，立刻站起身來，顧不得自己全身的痛楚，一跛一跛的走向冒煙的汽車旁，同時吆喝著要年輕人把手放到看得見的地方。

「把手放到車窗邊，讓我看到！」他大聲的說，深怕別人聽不到。

但車子裡沒有任何聲音，出奇的安靜。

潘志明似乎也察覺到異狀，於是顧不得腳受傷，強忍著疼痛，三步併作兩步的過去車子旁邊，才發現那人的右大腿不斷的出血，頭則是偏在另一邊，似乎已經昏迷。

他立刻拿起警用無線電呼叫救護車，也請同事盡快前來協助。

潘志明事後才知道，這個所謂的「通緝犯」，不過就是疑似犯有竊盜罪，因為沒收到傳票所以沒到地檢署報到，而被檢方通緝；車上固然有搜索到K他命，但是數量並不多，只有十公克不到，而K他命屬於三級毒品，吸食也不過就是罰鍰而已，不會有刑責。

但這位通緝犯在被送到醫院之前，已經因為子彈打到大動脈，流血過多而死亡。這件「意外」迅速的引起媒體關注，當時網路論戰不斷，有人支持執法，有人認為執法過當。但無論如何，家屬對於他的行為，始終不能諒解。

「不過就是拉K而已，竊盜沒到案，有必要開槍嗎？我這個心肝寶貝啊！」通緝犯的母親，在鏡頭前的眼淚，格外引人心碎。這位母親的身後，是家族成員拿著他的遺照，面色凝重的看著採訪記者，或者說，凝視著潘志明。

潘志明第一次接受同事的偵訊，而且屈辱的被警車移送到地檢署。檢察官先告知他涉嫌業務過失致死的罪名，然後要求他模擬當時的情況。每次出庭，他總要忍受家屬對他的咆哮與奚落，電視台記者則是如影隨形的跟著他，要他說明當時的情況。

「請問您的用槍時機符合警械使用條例嗎？」

他最常聽見這樣的問題，但是他不知道該怎麼回答。

他當然知道什麼時候該用槍，至少依照當時的情況，他雖然並不知道這位嫌犯車裡有沒有槍，但是他很清楚確定，這個人不惜把他撞死，以換取脫逃的機會。他不只為了逮捕嫌犯而開槍，而是為了保護自己值勤的安全。他已經選擇了靠近大腿部位開槍，怎麼會知道中槍的部位正好是大動脈？

檢察官最終還是起訴他，移送到法院審理。無論是地方法院或是高等法院，都認為當時他「應注意而未注意」，這位嫌犯只是要逃跑，可以有更好的方式處理，不需要使用警械。「過失」、「比例原則」這些陌生的字眼，在他的心中縈繞不去。最後，法院還是判決有罪，只不過刑度不高，大概就是六個月得易科罰金。同事幫他籌錢，繳了十八萬元，長官也沒有為難他，就是記過處理。但是，隨之而來的損害賠償，讓他賠上所有的積蓄，連太太都幫他向娘家借錢，總算暫時度過難關。然而，感情卻也沒了，只剩下空殼的婚姻。

＊＊＊＊＊＊

他愣著，想起了這一段令他難堪的往事，渾然忘了女兒就站在他面前。

潘昭盈用三七步站姿，冷眼看著父親，「潘志明，你知道我叫什麼名字嗎？」

「妳在說什麼東西啊？妳是我女兒，我當然知道妳叫什麼名字。」潘志明有點惱怒。

「喔？那我的生日呢？我媽跟你的結婚紀念日呢？我們最近一次三個人一起出去玩是多久？三年前？五年前？」潘昭盈把一連串的問題丟出來，就像是子彈掃射在潘志明身上。

「我就覺得很好奇，最近有個團體一直在推動公民投票，說家庭最重要，多元成家不可行，會毀滅一夫一妻的家庭價值。但是看了你們，我只覺得噁心，這是哪種家？爸爸每天忙到不知道女兒生日，媽媽每天都往外跑，你們是一夫一妻沒錯啊！但是你們有想要組個家嗎？」

潘志明被女兒的話完全堵住，突然不知道如何回應。

「我今天就在想，最快看到你的方法，除了犯法外，大概就是跳樓了。我沒有勇氣去傷害別人，所以我直接選擇跳樓。可惜，你來了。你要是不來，我直接跳下去其實還爽快一點。」潘昭盈冷冷的看著他說。

「妳不要這樣好嗎？直接叫我的名字，我是妳爸耶！妳有沒有一點家庭倫理！」潘志明只說得出很虛弱的回應。

「哈哈！你真的很好笑！」潘昭盈笑得很開心，但是語氣裡透露著悲哀，「無所謂了，工作應該就是你的家庭。隊長大概是你太太，你的屬下大概是你兒子吧！」

她甩上房門，自顧自的進她的房間。

潘志明嘆了一口氣，也不知道該如何是好。他拿起電話，撥打他太太的電話，如他所預料的，關機。他不敢再出門，只能打開電腦，打著帶回家裡的專案報告，一個字、一個字的敲打，就像是敲打出他心裡的苦悶一樣。

＊＊＊＊＊＊

夏青正在回事務所的路上，而她的思緒很亂，因為她覺得林翊晴的故事很完美，但是好像少了些什麼，只是想了一下，始終沒有突破盲點。

進了辦公室，一看已經過下班時間，桌上只有留一張祕書寫的紙條：「媽找，急事，請回電。」

她沒放在心上，打開電腦，開始準備撰寫狀子，這時候大概是她最可以放鬆的時候，那是一種與法院、委託人以及對造對話的過程。她可以把委託人的話，用符合法律的用語寫下來，並且揣摩對方會怎麼想，法院又會怎麼認定。

「一個好的律師，必須要能知道對方與法院在想什麼。」她曾經在一次演講時，說過這樣的話，當時引起許多聽眾的共鳴，但是有一個聽眾舉手發問：「請問律師，妳不需要知道委託人怎麼想嗎？」

她記得當時的回答應該是這樣：「我們當然要知道當事人怎麼想，但是官司的目的在於勝訴。要勝訴，當然要知道裁判怎麼思考，還有對手會下什麼棋。」

因此，她在訴訟時非常喜歡思考動機，不論是委託人，或是對造，甚至是法院判決背後的想法與理路。

她查了幾個判決，時間竟然已經快到十點。她打開手機，發現有未接來電，是從爸媽家打來的。

她竟然覺得有些厭煩，雖然不知道發生了什麼事，她還是決定先不回電。不過，事情似乎沒這麼簡單，母親還是打電話來了。

「女兒啊！妳在幹嘛？」果然是母親打來。

「沒幹嘛。」夏青的口氣非常冷，一點都不像對客戶熱心的口吻。

「妳還在辦公室嗎？女孩子家不要這麼晚還在工作，一直加班會嫁不出去，趕快回家休息了。」母親關心的說。

「喔！不可能。」她很快的回應，有點冷。

夏青冷酷的反應似乎讓母親有點錯愕，「女兒啊！我只是關心妳。」

「我知道，但是我事情做不完。」她的回答一樣簡短。

「唉，好吧！妳要照顧自己身體。」母親嘆了口氣。

她原本想立刻掛上電話，但是電話那端好像傳來父親的抱怨聲，「打了這麼多通電話，還是這麼冷淡，也不知道回撥，這孩子像什麼樣子。也不嫁人，就只知道工作。」

夏青突然生氣了，她對著電話那頭說，「妳叫爸爸過來聽，讓我來跟他解釋。」

「妳不要生氣了。」母親有點嚇壞了，她知道這對父女都一個樣子。

「妳叫他來聽，我要跟他說話。」夏青很堅持。

電話那頭的父親，似乎知道夏青在動怒，所以從母親的手中搶過電話，「妳到底在不高興什麼？」

「我沒有不高興，我只是很累，你們這樣打電話，只會增加我的負擔與壓力。」夏青說。

「妳在講什麼東西？很好啊！我叫妳媽以後不要再打給妳。」父親也怒了。

「你不要一直叫媽做什麼事好嗎？」夏青也回嗆，「從我小時候有記憶以來，你就是家裡最大的那個人，就像是家裡的神一樣。我唸書、選系，都在你的陰影下決定。小時候你就告訴我，這個社會很現實，連缺一塊錢，司機都不會讓你上公車，有錢才是大爺，沒錢會被人家瞧不起。你什麼時候開始會關心我了？從我開始當律師以後嗎？」

電話那頭的父親，似乎被她嚇到了，「妳今天是吃錯藥了嗎？這社會本來就是現實的！總是有錢人欺負窮人！」

「喔？是嗎？」夏青冷笑，「我一直在用行動告訴你，根本不是這麼一回事。」

「那是妳的選擇，妳不用這麼對我大小聲。」夏青的父親向她對嗆。「但我還是要告訴妳，人情冷暖，就是這樣。」

「難怪你以前要我聽《為錢賭性命》這首歌」，夏青的腦海裡浮現出這首歌的歌詞：

「有錢人講話大聲，萬事都佔贏。無錢人帖在世間，講話無人聽。歹命人就要打拼不通乎人驚！

啊～世間的，世間的歹命人，為錢賭性命。為錢賭性命。

千金女妖嬌浪漫，人講真好命。紅塵女招夫嫁婿，人講討客兄。苦命女著愛打拼留乎人探聽。

啊～世間的，世間的歹命人，為錢賭性命。為錢賭性命。」

她小時候不懂，為什麼父親總是要她考前幾名？為什麼要她不能輸給別人？一點也不像對前世情人的溫柔，每當父親喝醉的時候，就會把那台卡拉ＯＫ拿出來，然後醉茫茫的、五音不全的唱著這首歌。然後一再的告誡她，「不要同情別人，因為別人不會同情妳，特別是有錢人」、「妳永遠只能靠自己」。

為了推翻父親這樣的說法，她做了很多努力，但是一直徒勞無功。她的父親學歷不高、工作不夠好，但是至少能供一家溫飽。她不知道父親為什麼永遠就像是一個要士兵攻下山頭的將軍，不給士兵任何武器，也不提供任何方法，對一個女兒竟然可以如此嚴格。他的說法永遠是：「妳可以的。如果沒做到，就是妳沒盡力。」

所以，夏青永遠自己想辦法。她看到同學因為考上台灣大學而出國去玩，或者拿到什麼禮物，一開始她還會跟父親撒嬌式的抱怨：「我都沒有！」父親會先用冷酷的字眼告訴她，「因為我們家很窮。」後來索性直接說，「這本來就是妳應該做到的。」

她就像是卡夫卡筆下的主人翁，或者乾脆說，就像是卡夫卡，永遠在父親這個巨人的指揮下行動，而且得不到肯定。

「我問你，如果我沒有念政大、考上律師，你還會愛我嗎？」隨著回憶，夏青壓抑著怒氣，問了父親這個問題。

「當然不會。因為妳優秀，所以我才會在乎妳。」父親不假思索的說。

夏青聽到這些話，差點沒摔電話，她覺得四周圍的空氣彷彿就要凝結成火。但是她在這時候不怒反笑：「果然是如此，不枉費我這麼對你。」

父親在電話那頭愣住了，似乎沒聽出夏青的反諷，「我是為妳好。如果當時我沒有逼迫妳，妳現在會好嗎？」

「那麼你為什麼從來不肯定我？」在掛上電話前，夏青忍不住還是追問。

「妳已經這麼多人肯定了，有差我一個嗎？人啊！不能太自大，妳不要以為幫助了幾個人就囂張起來，那些人根本不會感謝妳的。」父親的回答總是讓她訝異。

「好的，我知道了。」夏青突然覺得父親很可憐，所以她的語氣竟然放軟，「晚安，我會早點回去的。」

她掛上了電話，想了一下今天發生的事情，把辦公室的燈關掉，決定回家，那個只有自己一個人的家。

＊＊＊＊＊

隔天一早，夏青就接到潘志明的電話，「律師，根據現場的指紋，法官認定林翊晴至少有可能是共犯，所以要直接發同行書，今天可能就會開庭審理，妳要到場嗎？」

夏青有些納悶，「林翊晴不是昨天才剛跟我談完案情？這麼快就要審理？」

「法官說，這一件是社會矚目的案件，因為還沒有確定是誰殺害她們，但是現場只有林翊晴在，凶刀又有她的指紋，所以想先以關係人身分傳喚，等到鑑定報告出來以後，再來判斷要不要把她列為被告。法官也已經通知社工到場陪同，如果沒有裁定收容，那女孩應該也不適合住在原來的地方，可能會安置輔導。」潘志明說。

「開庭時間是幾點？」她大概看了一下自己的行程，「我必須得挪開原本已經安排好的活動。」

「法官會先請她過去法院說明，法院事實上有公設輔佐人，如果法院挑選的人不是妳，妳就沒辦法到場了，所以妳還是等候法院通知吧！」潘志明說。

「這樣我不是一整天都得等待法院的通知？」夏青說。

「沒辦法，無父無母的孩子，妳還能怎麼辦？」潘志明也很無奈。

夏青點點頭，即使他看不到。她跟助理說，今天所有的行程都暫時先排開，等候法院的通知。

不過，她一直沒等到通知。

CHAPTER

05

放肆

學校裡充滿著詭譎的氣氛，雖然案發已經第三天，媒體的報導並沒有減少，而謠言亦是傳得沸沸揚揚。雖然程序上都說偵查不公開，但今天報紙上卻傳出「凶刀上有林翊晴的指紋」這件事情，校園立刻出現了各種不同版本的說法，連老師都加入討論，校長只能在校務會議上公開說明。

「關於這件事情，我希望一切交給警方調查，學校這裡不要有任何發言，如果遇到媒體訪問，大概就是說：『一切交由長官們說明，謝謝指教』之類的就好。」校長說。

「不是吧！校長，現在學校內部的傳言已經亂七八糟，我們也不知道如何跟學生說明，總要有一套說法吧？」體育老師舉手問。

「咳！關於這個問題，我們什麼也不知道，要說些什麼？」校長反問。「況且，不論說什麼，對於孩子都是傷害。」

「但是對於林翊晴的過去表現，我們總得要表示些什麼吧？難道就任由外界隨便亂寫？」一位英文老師手拿著報紙，斗大的頭版標題寫著：「指紋漏玄機！家庭不健全、學校不教育，少女變成殺人魔！」

「這份報紙本來就很聳動，不用太在意。」校長說，「我們沒必要去說明孩子有沒有受到學校好好的教育，我們肯定盡力了，而且對得起家長。」

「校長，恕我直說，您確定是這樣嗎？」英文老師又舉手，「是不是請她的導師說明一下這位女同學的家庭與學習狀況？」

校長點點頭，「是該請陳傑倫老師來說明一下。陳傑倫老師有去過她好朋友，也就是謝欣同學的家做過家庭訪問，應該可以讓我們知道一些正確的訊息。」

陳傑倫怯懦的站起來，吞吞吐吐的說，「這個女孩，在學校的一切表現都很正常。事後我問了幾個同學，只有謝欣跟她比較熟，其他同學都不知道她的家庭狀況。所以我有去謝欣家中拜訪，也跟謝欣談過。目前謝欣同學只有透露有另外一個叔叔住在她們家，也可能是涉案對象。」

「請問陳傑倫老師，之前你知道林翊晴與謝欣同學家的狀況嗎？」英文老師問。

「呃，因為我才剛調到這個學校來，還沒時間去看所有的同學。但是我大概知道他們是好朋友，我私底下問過同學，她們中午會在一起吃飯。林翊晴有媽媽與阿嬤，謝欣好像只有跟媽媽同住。」陳傑倫的說詞翻來覆去，大概也還是無法準確描述出她們兩人的家庭狀況。

會議室中一片騷動，老師們交頭接耳，即使聽完陳傑倫的說詞真相還是不清楚。

校長乾咳了一聲，「各位老師，既然陳老師不能清楚的描述案情，目前我們也沒有接到法院的任何通知，報紙上竟然又傳出凶刀上有林翊晴的指紋，我想我們就請學務主任發出聲明稿，內容大概是這樣的。」他拿出了一張早已預備好的聲明，以他獨特的音調，緩緩的念給在場的老師聽。

之所以說是獨特的音調，是因為校長就像是在講述一件跟自己毫無關係的事情一樣，不帶感情的。

「本校林生目前涉嫌重大刑案，礙於偵查不公開，且為保護學生，本校無從提供任何資訊。本校相信檢警的努力，未來一定可以釐清真相。在案情尚未明朗之前，校方不擬對林生有任何處分，也請社會大眾勿再詢問本校師生任何問題，還給教學應有的清靜空間。」

大家聚精會神的想要聽聽校長的說法，但是聽完以後，現場一片譁然。這篇聲明並沒有平息教師們的疑慮，反而讓人家覺得，原來校長嘗試把所有的問題都丟給這個孩子。

「不是這樣的吧！」有個老師不滿的舉手，「這篇聲明好像在暗示我們的學生已經確認有罪！」

「為什麼是『不擬給予學生處分』？搞什麼啊！」另一個老師比較火爆，已經拍了桌子大吼。

「我覺得這是校方試圖撇清責任，未審先判！」一個老師冷冷的說。

校長眼見場面混亂，只好對著所有人說：「今天的會議到此結束，請各位老師不要任意對外發言，一切以聲明稿為準。」

不過，這個聲音非常微弱，迅速被老師們不滿的聲浪淹沒。

這是早上八點半的事情，一個半小時以後，學校出現了第一張大字報。

「林翊晴不是凶手！她家與學校才是！校長踹共！不要把責任推給林翊晴！」

標題是這樣下的，但是內容更聳動：

「我們是一群林翊晴的同學，林翊晴平常在學校雖然不常與同學互動，但她不是殺人凶手。媽媽跟阿嬤才是殺人凶手！林翊晴從小就被虐待，她的便當裡永遠沒有菜，她不只要幫全家做家事，還只能睡在陽台。學校老師對她不聞不問，校長現在又要把責任推給林翊晴，我們不能接受！我們要把真相說出來！校長如果一意孤行，我們會把所有的證據交給媒體！請支持的同學一起來連署！」

大字報裡連續的驚嘆號，把校內師生壓抑的情緒提升到最高，學務主任立刻出面，把那張大字報撕毀。然而，這張大字報，早就已經被學生拍下來，而且放上臉書。

「請同學不要聽信謠言，另外張貼大字報的同學，請自動到學務處說明，校方將既往不咎，否則我們已經掌握相關證據，將會依校規懲處，最重可以記兩次大過處分。」

在撕毀大字報後，校方立刻緊急做了廣播，但是反而激起更大的反彈聲浪，甚至原本不知情的同學，也紛紛義憤填膺。

「搞什麼！現在是要封鎖消息嗎？」

「如果她真的有罪，為什麼不可以公開討論？學校一定有鬼！」

「我們不接受獨裁的官方說法！」

這些聲音，在校園裡流動。

謝欣以一貫的慵懶態度趴在桌上，似乎漠不關心的看著窗外。雖然上課鐘聲已經響了很久，但是教室裡瀰漫著不安、興奮與吵雜的氣氛，陳傑倫努力的希望可以讓學生靜下心來聽課，卻也無能為力。

「同學，專心聽課！不要再私下討論這個問題了。」陳傑倫說。

有個學生舉手，「老師，你相信校長講的話嗎？」

「我、我也不知道。」陳傑倫有點結巴，畢竟他對於現在校方的決定也無能為力。

「你們這些大人都在袒護死掉的人。」謝欣突然冒出這句話，「她們死有餘辜。」

陳傑倫有點動怒，「妳怎麼可以說出這種話！」

「你要我說出更多的事實嗎？」謝欣索性站起來跟陳傑倫對望。

「妳知道什麼的話，跟我去找校長說！」陳傑倫示意要謝欣跟他走。

謝欣聳聳肩，「好啊！就怕你們不願意接受事實！」

＊＊＊＊＊

在校長室裡，三個人坐在沙發上，謝欣一言不發的看著老師與校長，這些她平常根本接觸不到的對象。

「謝欣同學，聽陳老師說，妳知道事情的真相？」校長問。

「人不是她殺的，是其他人殺的。」謝欣說。

「誰？」校長再確認一次，「這件事妳可不能亂說。警方告訴我們，現場的凶刀有林翊晴的指紋，而且她又長期被家暴，應該確定她就是真兇了。」

「是你們這些人在亂說，你們知道她遇到什麼事情嗎？你們根本就沒有關心過她。」謝欣說。

「陳老師剛到學校，而且，林翊晴同學也從未跟學校提過這些事情。更何況，妳不應該用這種態度對老師說話。」校長有點動怒。

「那要用什麼態度說話？」謝欣反唇相譏，「你們除了讓記者亂報、社會嘲笑，你們還做了什麼？」

校長鐵青了臉，「妳再說一次看看！」

「我偏偏要說，你們都是虛偽、推卸責任的大人！」謝欣大聲回應。

校長一個巴掌打過去，謝欣的臉頰頓時紅腫，陳傑倫老師在旁邊都嚇傻了。

謝欣不怒反笑，「老師，你都看到校長打我了，我要告他傷害罪。」

校長餘怒未消，「妳去告啊！我看妳能如何！」

謝欣轉過身作勢離去，「現在就有記者在校門外等候，我會讓他們知道你們有多虛偽，又怎麼試圖掩蓋真相。」

校長頓時洩了氣，「妳什麼時候學會這樣對待老師的？」

「我媽告訴我的，有權力的人，最喜歡用暴力顯示自己的權力。只要激怒他們，他們就會使用暴力去控制別人。」謝欣突然說出這樣的話，讓兩位老師都瞠目結舌。

「好，妳要怎樣才能解決這件事情？」校長知道他被這小女孩設計了。

「我要你同意我們張貼大字報，而且讓我們發動連署，支持林翊晴。」謝欣冷靜的說，

「不然我就把你打我這件事情告訴記者，你也不用當校長了。」

校長轉過身去，在桌前不斷的踱步，顯得非常焦躁。

「好，我同意你們進行連署活動，但是只能在下課時間，不能在課堂上做。還有，如果有任何記者問，我不會說是我同意的。」

「成交。」謝欣露出慧黠的笑容，「然後放我公假，我要來準備這些活動。」

一小時後，行政大樓的穿堂前，竟然破天荒的出現言論廣場，而且前方擺了幾張桌子，提供同學連署支持林翊晴。謝欣把她知道的所有故事，寫在宣傳單上，提供給同學傳閱，很快的，支持林翊晴的同學越來越多，也積極的幫林翊晴連署。甚至有同學把傳單帶回去家裡，請家長支持。當然，這些傳單很快的也到了駐守在校外的記者手上。

校園內的氣氛，已經從詭譎轉變為興奮。大家深信，林翊晴不是殺人凶手，而是家暴的受害者，凶手其實另有其人。無能的校方試圖拋棄林翊晴、檢調單位試圖簡單結案犧牲林翊晴。連校外也開始有人權團體發動連署與遊行，要檢察官不能放過真兇，儘速釋放林翊晴。

而林翊晴，竟突然成為這個城市柔弱的受害者代表。

＊＊＊＊＊＊

在發生這件事情之前，王建州只是個平凡的上班族，每天上班、下班、跟老婆吵架、跟青春期的女兒互動、睡覺，直到那天凌晨之前，他的生活就跟一般的台北人一樣。然而，那天凌晨，讓他這兩天就像是電影明星一樣，到處都受到注目。他開始上電視、接受訪問，他的臉書追蹤者突然暴增，他的一句話，甚至讓他開了粉絲專頁，事情是這樣的：

當記者問他，為什麼他會把外套披在女孩身上，他說：「看到女人沒衣服穿，當然要幫她穿上去啊！」這句模仿別人的話，讓他上了當天晚報的頭條，衛生福利部後來還用了這句話當作防治性侵害的廣告標語。

當臉書粉絲專頁的人數在一天內突破百萬時，開始有人找他代言廣告，包括網路遊戲、女性衛生用品等等，都看得到他的身影，案發第三天他索性把工作辭掉，專職當起了通告藝人。其實，說他只是靠這個案件就紅，倒也不是很公允，因為他經常在臉書上發表一些鼓勵人心的話語，嚴謹的私生活也讓想對他扒糞的記者頗為敬佩。然而，他很忙，一直沒時間接受潘志明的警詢，這一點，讓潘志明頗為感冒。

「有時間上電視，沒時間接受警詢？」潘志明心裡直嘀咕。「他在媒體上談的案情，都可以讓我的警詢筆錄變成一本書了。」

其實倒也沒這麼誇張，因為他翻來覆去，不過就是講述當時他看到女孩的樣子，還有他在等警方到達現場前，他所看到的一切。但是，他到底看到什麼？其實什麼都沒有，因為他不敢進現場，只是一股腦的安慰這個女孩，而這個女孩，卻什麼也沒說。不過，他在電視上倒是談了很多。

潘志明最後只能透過警方正式核發的警詢通知書，半恐嚇的告訴他，如果再不來，就要請檢察官依法核發拘票，才約到他以證人身分來做筆錄。

「快問吧！」王建州的助理跟他一起進來警察局，「我等等還有通告要上。」

潘志明悶哼了一聲，沒多說什麼，只是依法向他告知證人的權利與義務，接著就開始詢問他。

「你平常有見過她們一家人嗎？」潘志明問。

「當然有，我跟她們很熟悉。」王建州自豪的說，「他們家有三個人，阿嬤、媽媽與這個女兒，我們經常彼此打招呼的。」

「你知道她們平常的工作嗎？」潘志明問。

「阿嬤很少出門，媽媽好像沒工作，就是靠一個男人養她們全家，小女兒就是高二學生而已。」

「男人？」潘志明停止打字，因為聽到了關鍵字，「那個男人是誰？」

「我不認識，只是偶爾看過他。我跟女孩的媽媽聊過，這個男人不是孩子的父親，是她的男友，她已經離婚好幾年了。」

「他做什麼的？平常都什麼時候到她家？」潘志明追問。

「大概都是深夜才會出現，至於他的工作，坦白說，我也不知道，女孩的媽媽沒跟我說。」王建州說。

「那天案發後，你有進入現場嗎？」潘志明問。

「怎麼可能進得去！但是我聽說現場很血腥不是嗎？」王建州回應的倒是很快。

「這樣你還能在電視上形容得活靈活現，也是很厲害。」潘志明沒好氣的說了這句話。

「嘿嘿，我也沒講什麼啦！」王建州有點尷尬。「不過，我要跟你說一個祕密，我從來沒有在電視上講過的。」

「喔？」他本來已經決定停止這段無聊的警詢。「什麼祕密？」

「事實上，當天凌晨我有看到一個男人滿手都是血，從巷口跑過去，他當時的表情非常慌張。」王建州神祕的說，「我覺得他可能是凶手。」

潘志明呵呵的乾笑，「不要亂說啊！更何況偵查不公開，你這麼說可能會讓凶嫌有戒心了。」

王建州連忙說，「我知道，我不會在電視上談起這件事情的。我只會在檢察官傳喚我當證人的時候，向檢察官說明清楚。」

「那個人長什麼樣子？」潘志明追問。

「嗯。」他想了想，「他有點像是我之前看過的那個男人，就是和女孩的媽媽在一起的那個人！」

「你記得他的穿著跟長相嗎？」

「印象中，他戴了帽子，衣服顏色不確定。至於長相，如果我再一次看到他，一定可以認出來。」王建州說。

「所以如果找到他，你願意出庭作證指認他嗎？」潘志明問。

「當然願意。」王建州肯定的說。

當王建州離開警局時，偶然看見潘志明調出來的書面資料，就這麼沒有掩飾的放在桌上，他默默的把這個人的名字與基本資料記了下來，一出警局，立刻寫在筆記本上。

＊＊＊＊＊

結束了這場筆錄，潘志明並沒有覺得案情更明朗。他當然可以直接把所有的問題，都歸咎給這個素未謀面與出現的嫌犯，而非這個女孩，但是他隱約覺得問題的癥結似乎沒有這麼簡單。

綜合王建州與林翊晴的證詞，確實凶手就是女孩或所謂的叔叔其中一人，潘志明心中也早有想法。但如果真正的凶手是他，那麼他的殺人動機是什麼？難道真的如同林翊晴所說，是因為性侵害不成，所以乾脆殺人滅口？那麼為何凶刀上有林翊晴的指紋？如果是她所為，究竟有什麼樣的殺人動機，竟然可以持刀殺害自己的至親，卻又能這麼鎮定？或是其實黃澤遠根本沒有在現場？但是如果他不在現場，凶刀殘餘的指紋為何又驗出來是黃澤遠所有？為什麼王建州又提到他看到了黃澤遠？

這些問題他還沒有答案，或許要找到這個男人，才能知道究竟怎麼回事。不過，林翊晴的指紋在凶刀上，無論如何，她應該還是脫不了嫌疑。

＊＊＊＊＊

謝欣所印的傳單，果然在中午就已經到了記者手上。

蔡雨倫看著這份傳單，仔細的閱讀每一個字，「但是這不就剛好彰顯出林翊晴有殺害他們的動機嗎？她被家人這麼虐待，所以動手殺了他們，聽起來很合理啊！」

她打電話回報社，詢問長官要不要刊登這一則所謂的內幕。

長官沒好氣的回答，「當然要！妳是第一天當記者嗎？而且我們的方向就是要做這個女孩不是凶手，盡量彰顯她很可憐、她是受害者，報導可以盡量的往同情她的方向去做，然後抨擊警方無能。妳現在就去採訪他們的連署結果。」

「可是，我覺得現在的情況還不清楚，我覺得否定這女生就是凶手，也很奇怪，是不是要小心一點？」蔡雨倫小心翼翼的回答。

「妳才給我小心一點！妳才奇怪！妳現在就照我說去做，多問幾個學生，然後快點把稿單報上來！」

她有點洩氣，不過還是乖乖的掛上電話，她決定在校門口等候謝欣出現，她要好好的問謝欣，究竟發生了什麼事。不過，等了一天，她並沒有出現。蔡雨倫只能找了幾個同學，但也問不出什麼進一步的訊息。因此，她決定再去學校一次，一定要把她找出來。

CHAPTER

06

入陣曲

早報的所有的頭版標題大同小異，大概都是「受虐女孩被冤枉?!真兇另有其人！」「無辜女高中生是家暴受害者！」「人魔呼之欲出！警方坦承有疏失」等等，然而報導內容都是語焉不詳，大概也就是抄襲謝欣的傳單內容，也提到校方不知道為了什麼原因，竟然容許學生連署支持林翊晴，還有評論指出，這是所謂的「高中校園民主的開端」云云。

謝欣在上學途中，看到報紙標題，只覺得好笑，但是她心中覺得替林翊晴出了一口氣。她拿出手機，把這些報紙的標題全都拍了一遍。至少作為紀念，曾經影響過一天的報紙頭條，她心中是這麼想的。

蔡雨倫從「特殊」的管道要到謝欣的照片，說特殊也未必，大概就是知道她的名字以後，找到學校老師，付了一點「代價」以後，學籍表就可以到手，不只照片，連她的住址、家庭狀況等，通通一清二楚。她當然知道，這是違反個人資料保護法規定的，但是為了獨家，她只能這麼做。

早上六點半，天色還很黑，她穿著厚重的冬衣在校門口守候，一邊咒罵總編輯。

「好冷，希望她今天沒蹺課。」她自言自語的說。

大約十分鐘後，蔡雨倫看到一個穿著制服的高中女生，手裡抱著一堆紙張，往校門口走過來。她不知道是不是就是謝欣，不過還是走過去確認。
「請問是謝欣同學嗎？」她劈頭就問。
「妳要幹嘛？」謝欣本能的後退一步。
看了這女孩的臉，雖然跟照片有點差距，但是對照基本資料上的身高與體重，蔡雨倫確定就是她了。
「我可以跟妳談談嗎？關於林翊晴的事情。」蔡雨倫開門見山的問她。
「可以啊！」謝欣打量著蔡雨倫，「妳是記者吧？」
蔡雨倫尷尬的笑了一下，然後把身上的名片掏出來遞給謝欣，「是的，我是首都日報的記者。」
「如果是記者，我要收費。」謝欣說，「妳知道這是獨家吧？」
蔡雨倫有點訝異，難道現在的高中生這麼的「成熟」？
「妳需要多少錢？」蔡雨倫說，「而且我怎麼知道妳跟我說的，就一定是真的？」
「這當然是真的，我以後也會到法庭上說清楚。」謝欣咬緊嘴唇，像是下了很大的決心，「我要一萬元。」
蔡雨倫點點頭，「如果妳答應我，不接受其他媒體的採訪，我就願意。」
「只有報紙。」謝欣搖搖頭，「妳的價碼只能這樣。我知道去一場談話性節目，至少就有五千元可以收了。」

蔡雨倫嘆了口氣，「好吧。妳什麼時候可以接受訪問？」

謝欣看了一下時間，「我要去早自習，沒辦法跟妳多聊，今天下課後，我跟妳約在學校外面那家咖啡店，但是我要先收訂金。」

蔡雨倫掏出了兩千元，連她自己都覺得很好笑，「那就下午五點。」

＊＊＊＊＊

邀請王建州上節目的效應已經逐漸遞減，畢竟他似乎已經不是本案的重心，而觀眾對於他常態性的出現在某些節目，也已經有些厭倦。所以，他的通告數在幾天後就開始減少。

「總得想想辦法。」王建州待在家中，對自己這麼說。他的通告費本來已經漲到一萬元一場，但是才幾天竟然就開始遞減，業績不甚理想，他也就不太在意酬勞，只希望還有機會上電視。

「小李，你跟《驚爆內幕》的製作人說，我今天有新的消息要在節目上爆料，請他們再讓我上節目。」王建州撥了電話給他的經紀人。

製作人原本對他已經沒有興趣，畢竟他的賣點有限，哏也是會玩光的，所以一開始的時候，製作人不是很友善。但是，聽到他有新的料要爆，眼神立刻活絡了起來。

所以，晚上八點，王建州已經在電視台裡，等待化妝之後進節目現場。現場來賓有諸多談話性節目的名嘴，號稱從內子宮到外太空都能回答的專家，還有政客，就是強調要立刻把嫌犯判死刑的政治人物。主持人在開播前，小心翼翼的詢問王建州，究竟有什麼內幕要驚爆，王建州只是笑而不答，直說開播就會知道。

製作人只能苦笑，心想就賭這一把，如果失敗了，大不了這個人以後永不錄用。

主持人cue了片頭進來，節目即將開始。王建州把他記起來的資料做成小紙板，好整以暇的拿出來，所有人都驚呆了，因為標題竟然是：「真兇就是這個人！」而在「這個人」的字體下方，竟然有這個人的基本資料，包括他的名字、住居所、家庭狀況等等。

片頭已經結束，因為是現場，所以主持人也來不及阻止王建州把資料公諸於媒體前。不過製作人倒是很開心，導播也把鏡頭一開始就給了王建州。製作人也要主持人安心，有事情他負責。

「歡迎收看驚爆內幕的節目，今天我們再度邀請到王建州先生來到現場，據說他今天有新的資料要提供給我們觀眾朋友。」主持人說。

「是的。」王建州把小紙板拿上來，「其實那天晚上，我有看到一個人從那女生家出來，這個人的樣貌大概是這樣的。」他開始描述這個人的外表，還把自己製作的畫像拿出來。「我認為，這個人應該就是凶手，因為他雙手就沾滿了血。」

「那天凌晨我在照顧那個女生的時候，巷口就有個男人跑過去，雖然天色很暗，我還是看到他的雙手沾滿鮮血，而且他還瞪了我一眼。我當時就覺得他是殺人犯，但是我沒辦法阻止他，畢竟還是要先照顧那個女生。」他說，「後來，我透過朋友的管道，查到了他的個人資料，在這裡。」

他把另一張小紙板拿上來，上面有這個人的照片、姓名、出生年月日、住址等等。他在姓名中間一個字打圈圈，出生年月日也被遮掩了部分，住址當然也一樣，只能看得到部分。「這個人，應該就是當天無情殺害母女兩人，而且嫁禍給那個女生的人魔。這件事情只有三個人知道，一個是我，一個是她，另一個就是凶嫌。我希望警方可以儘速逮捕這個人，也還給她清白。我對於檢調單位目前辦案進度這麼緩慢，也感到非常的痛心。」

現場幾乎就是王建州的個人秀，因為其他來賓根本沒辦法針對這些事情發言，只能夠附和他，做些沒有意義的推測。然而這個突然而來的消息，卻已經引起其他媒體的注意，大批的記者已經想盡各種方法試圖瞭解情況，黃澤遠究竟是誰？要如何才能採訪到他？

這是一個資訊爆炸的夜晚，另外一家電視的現場節目也沒閒著，因為他們找到了謝欣。

「我們都知道，可憐的林姓少女，現在正在醫院休養中，因此今天特別邀請到她的好友謝欣，來替她說幾句話。」主持人說。

「大家好，我是謝欣。」謝欣有點生澀，但還是很冷靜。

「我希望大家不要再把她當作凶手，事實上，凶手不是她，而是住在她家的叔叔。」謝欣說，「她平常就被媽媽跟阿嬤虐待，經常要跟我一起分享便當，即使是冬天，也只有薄薄的外套可以穿，還要睡在陽台上，更有做不完的家事。我希望各位叔叔伯伯阿姨可以幫忙她，不要再把她當作凶手。我相信她不可能做這樣的事情，她是無辜的。」

這段話讓主持人幾乎紅了眼眶，即使他不知道另一個節目上，有另一個目擊者做出幾乎一樣的結論，但至少他聽了謝欣的說法，就深深的相信林翊晴是無辜的。

「我們的政府在做什麼？當民眾面臨恐慌，竟然放任一個殺人犯在外逍遙，而把一個女孩關在醫院裡，面臨死刑的威脅。這個政府，應該好好反省，把真兇抓出來，讓社會可以恢復安定才是！」主持人語氣激昂的向全國觀眾發表演說，「我們向這位罪犯宣戰！我們也希望全國民眾，一起注意家庭暴力的問題，不要讓悲劇再重演！」

那一集的節目，竟然出現了示意圖片，還有現場不知道怎麼拍到的照片，隨著謝欣在鏡頭前解釋或許她自己也不確定的東西，現場的氣氛越來越煽情，而收視率當然也不斷的攀高。或許，當天晚上的節目，就是這兩個人的場子而已。

其他電視台，則是忙著追蹤這個新出現的犯人：他是誰？

潘志明不停的轉著電視頻道，輪流看著這兩個人的「大秀」，生氣的把啤酒罐憤怒的往牆上丟，因為他知道，這件事情將會引發另一場不可知的風暴。

* * * * * *

黃澤遠在認識這家人之前，即使工作不穩定，但是也還過得不錯，畢竟是一個人，一人飽全家飽，所以只要有時候做做小生意，或者是打點零工，大概也能維持還可以的生活品質。他的爸媽住在南部，他也不常回去，偶爾寄點錢回家，年節的時候也會回家看看他們，關係也就是這樣而已。

他在半年前認識林美秀，就在朋友開的卡拉ＯＫ店裡，林美秀就在隔壁桌。原本他們是不認識的，但是另一桌的客人，竟然醉醺醺的過去硬要她喝酒，他不知道哪裡來的勇氣，推開那群客人，然後叫他們不要來騷擾林美秀。

「你是哪位？憑什麼管這件事？」其中一個喝醉的客人，不懷好意的問他。

「我是他，呃，男朋友。」他一時詞窮，只能這樣回應。

對方聽了更怒，就一拳揮過來，打得他口角流血，跌倒在地。店裡頓時一片混亂，對方都是醉漢，步伐都不穩，如何跟他這種在工地工作的人打架？所以他輕鬆的就把這幾個人打得趴在地上，然後帶著林美秀離開現場。

直到轉過幾個街角，黃澤遠才發現他一直拉著林美秀的手，林美秀也沒有拒絕的意思。

「對不起，剛剛我說是妳的男朋友。」黃澤遠有點不好意思。

林美秀的臉都紅了，只是不知道她究竟是因為喝酒，還是因為開心。她搖搖頭說，「沒關係，謝謝你剛剛幫我解圍。」

黃澤遠呵呵的笑著，把自己的外套披在林美秀的身上，「有點冷，妳穿上吧！」

在披上衣服的瞬間，他當下覺得自己的英雄救美，簡直可以拍電影，或者是只有小說才有的情節。他以為林美秀會邀請他回家，不過沒有。林美秀只是給了他電話號碼，然後約好再次見面。

他在第二天，就決定鼓起勇氣打電話給她，很順利的就約她出來，他們約在大安森林公園見面，雖然那天晚上的記憶跟白天不同，但是他們並沒有在胸前別一朵花給彼此識別。

「跟你那天晚上看到的不一樣？」林美秀害羞的問。

「對，更美。」黃澤遠喜不自勝的回應。

他們那天就坐在公園的椅子上聊天。他對她坦承，自己是個喜歡自由的人，一年大概換四份工作，但是還養得活自己。而她則是坦白對他說，她有一個女兒，跟媽媽住在一起。她沒能說這女兒是跟誰生的，當然，不是所謂的前夫。性侵犯，怎麼會是她的前夫，而這些話，又怎能第一次就對這個男人說出口？

下午變天了，他們決定離開了那個地方，但是因為下雨，他們全身濕淋淋的，他看著她，還有騎樓上的旅館招牌。他決定開口邀請她，一起進入那家平價旅館休息。而她，並沒有拒絕。

那天以後，他們又約會了幾次。林美秀一直都還沒有安排黃澤遠去她家，直到黃澤遠提出來了幾次，林美秀才不耐煩的說，「有什麼好看的，家裡很亂。」

黃澤遠不知道為什麼，因為「很亂」這種事，似乎不會是理由。倒是她說家裡很亂，不讓他去拜訪她家，讓他心裡很亂。

「妳是不想讓我見你家人嗎？我是認真想跟妳交往的。」黃澤遠不滿的說。

「當然不是，但是我的女兒狀況不好，我怕你看到她以後會不開心。」林美秀有點低落的回答。

「怎麼可能？我可以照顧妳們家人，就算她有什麼精神疾病，我也可以帶她去治療。妳不是說她已經念高中了？」黃澤遠問。

「是。」林美秀嘆了一口氣，「如果你真的想見我的家人，那麼明天晚上你就來我家吧。」

黃澤遠聽到這句話，比起找到工作還令他開心。

林美秀給了他住址說，「那就明天傍晚見了。」

第二天，黃澤遠盛裝打扮，並且穿上正式的襯衫，然後提早了十分鐘，在林美秀家的樓下等候。

開門的人，是林美秀的母親陳阿滿。陳阿滿看起來年紀沒有很大，而且跟林美秀一樣也是美人胚子。陳阿滿不斷的跟他說「招待不週」，然後遞給他一杯水，請他坐在客廳的沙發上，林美秀似乎在忙，所以他等了一下子。他看了一下時間，大概是傍晚五點。

林美秀從房間裡走出來，跟他打了招呼。他發現家裡一塵不染，擺設整齊。不過他覺得不太自然，因為家裡太過乾淨。

「孩子要五點多才會回來，你就隨便坐吧。」林美秀說。

他發現陳阿滿不太多話，只是靜靜的聽他與女兒的對話。他們有一搭沒一搭的聊著，可能是因為母親在場，林美秀的態度有些拘謹。而且，母親不定時的會插嘴，想要控制他們對話的走向，讓黃澤遠有些不舒服。

黃澤遠本來想走出客廳，到陽台抽根菸。只見林美秀拿出了菸灰缸，然後要黃澤遠就在客廳抽沒關係。黃澤遠有些訝異，但也就不客氣的坐在沙發上，熟練的點起了菸。

「妳不抽菸，那是『以前的人』用的？」黃澤遠小心翼翼的問。

「就以前的男朋友啦！」林美秀說。

時間大概是五點多，門口傳來開鎖的聲音，打開門以後，是一個瘦弱的女生，看起來很清秀。她看到客廳裡的男人，並沒有太驚訝，只是微微點了頭，然後迅速進了房間。

陳阿滿有點不開心，扯大嗓門跟房裡的她說，「趕快去做飯，窩在房間裡做什麼？」

林美秀看了一下陳阿滿，搖了搖手，似乎是示意她不要這麼大聲。一分鐘以後，女兒走了出來，然後迅速躲進了廚房。「看起來，她是個內向的孩子。」黃澤遠是這麼想的。

「我女兒比較不習慣跟陌生人說話，不好意思。」林美秀忙不迭的跟黃澤遠道歉。

晚餐在三十分鐘後做好，母親與外婆，都沒有進去幫忙。菜色其實很簡單，就是一般的家常菜，那個女孩在做完菜以後，就又進入了房間，沒有跟他們一起吃飯。

「沒關係嗎？」黃澤遠問。

「她應該有功課要忙，別管她。」陳阿滿說。

不過，直到吃完晚餐，也沒看見女孩出來。那天晚上，他喝得有點醉，林美秀一直要他留下來住，說是怕他有危險。黃澤遠沒有拒絕，不過他發現，女孩的房間，竟然就是林美秀的房間，他順口問了一下，「妳女兒今晚要睡哪？」

「沙發。」林美秀簡短卻冷酷的回答。

黃澤遠一度覺得不妥，但是心裡想，或許平常她都跟女兒睡，只有他來的時候，才會委屈她，如果只是偶爾，不過就是人家的家務事，那也就算了。

此後，他偶爾過來這裡，大概都是這樣的模式，一直沒有機會跟那個女孩好好的聊聊。之後，他知道林美秀的工作狀況不穩定，所以經常會把自己賺的錢給她，至於南部家裡只能暫時不給了。他打算找份穩定的工作，好好的思考要不要固定下來，跟她們這一家。

即使他覺得，他跟女孩似乎不可能太親密；而林美秀的母親，總透露出怪異，就像是主控全場的教練一樣。

＊＊＊＊＊

那天凌晨發生事情以後，黃澤遠頭也不回的離開林美秀的家裡。他先在巷口前的便利商店買了包香菸，然後用發抖的手點了根菸，想要鬆懈一下剛剛緊繃的情緒。他買了大杯熱拿鐵，因為他以為發抖的手，是天氣太冷所致，但是當他接到了咖啡暖手後，才發現是情緒在作祟。

有兩個警察走過來，便利商店旁邊就是銀行，他們似乎是來巡邏的。但是黃澤遠還是有點擔心，針對剛剛的事情，是否已經有人報警？他只能強作鎮定的拿著咖啡，拿到嘴邊喝了一口，然後把身體側過去，試圖不要引起他們的注意。警察經過他身邊，看了他一眼，突然對他開口，他的心臟彷彿要跳出來了。

「先生，不要在店門口抽菸。」其中一個警察說。

「是、是、是。」他連聲說是，然後走離開店門口一點，畢竟他身上沒有帶任何證件，至少一定會被帶回警察局，整件事情就曝光了。

「還好沒事。」他心裡想，「還是因為還沒人報警？」

「幹！不知感恩的婊子！」他喃喃自語的說，但面對即將而來的問題，他也心裡有數。

情緒平靜一些以後，咖啡也差不多喝完了。反正本來後天就要到朋友在合歡山的果園幫忙，他索性直接開夜車下去，否則如果真有人報警，警方到場後，這件事恐怕不能善了。現在開車到南投，大約也要四個小時，天亮以前應該會到。

這時候往合歡山的人不會太多，畢竟天氣太冷，但又沒到降雪的地步。他一路上開著車，從北二高上去以後，經過霧社，往蜿蜒的山路開去。經過清境農場，一路往武嶺方向前進，但是路上的雨卻越來越大，這邊的路很小，但路旁邊卻沒有護欄。一個沒注意，或許是地面濕滑，他的車竟然往路邊的山谷衝下去。車子發出引擎空轉的聲音，重重的在樹上頓了一下後，翻滾了一圈，然後直接撞擊地面。

CHAPTER

07

瘋狂世界

原本這起殺人事件，已經隨著時間流逝，逐漸沉寂下來。就台灣的環境而言，即使是重大的社會案件，延燒的時間約莫就是幾天而已。一開始，所有的媒體與社群網站幾乎都在追蹤這件案子，不論是ＰＴＴ或是D-card的版，只要與這件事情有關係的八卦，大概都會是紫爆的焦點。然而，隨著時間的經過，因為唯一倖存的可能被告，一直在警方的保護中，消息一直沒有外洩。這件事情隨即被其他更重要的社會事件蓋過，沒有太多人繼續關注這件事情。談話性節目也把焦點轉移到其他的話題，畢竟台灣這社會本來就不欠缺八卦。

但是，在謝欣與王建州接受現場節目的訪問之後，原本已經沉寂下來的未成年殺人事件，又讓整個社會開始為之瘋狂。一個飽受虐待又被誤解的女高中生、一個沒有被發現的殺人犯，對照之下，更顯出這個高中生的無辜，與這個殺人犯的邪惡。第二天各大報紙都以頭條報導案件的新發展，但是大多只是語焉不詳的猜測，或是昨天電視台節目上的內容而已，只有蔡雨倫的報導最詳盡，因為她在謝欣上節目之前，就已經取得獨家消息，標題也特別勁爆：

「她不是殺人犯！被害人死有餘辜！」

「本報記者在昨天傍晚五時許，獨家訪問林姓高中女生的好友謝同學。她強調，林〇晴不可能是殺人犯，她才是真正的被害者。至於被害的媽媽與阿嬤，不管是被誰殺害，都是死有餘辜。謝同學表示，林〇晴從小就在她媽媽跟阿嬤的陰影下過活，她們兩人經常對林〇晴家暴，不僅所有的家事都交給她做，還讓她睡在陽台上，為了怕她亂跑，甚至用狗鍊拴住她，吃的東西也都是家裡吃剩的。謝同學認為，不管是誰行凶，媽媽跟阿嬤都死有餘辜。」

蔡雨倫也用心做了表格，把陳阿滿與林美秀對林翊晴所做的事情，鉅細靡遺的整理出來，然後在表格項目旁邊下了「劣」這個字。因為沒辦法進入現場，所以蔡雨倫用了幾張模擬照片與圖，加上謝欣遮住眼睛的訪問獨照，讓讀者覺得宛如親見，看起來就是一篇圖文並茂的報導。總編輯看了樂不可支，拍了她肩膀好幾下，連說報社養這樣的記者實在太值得。

蔡雨倫接到的下一個任務，就是去黃澤遠的老家，找出黃澤遠的父母、小學同學、鄰居，去瞭解黃澤遠的情況，或者看能不能找到黃澤遠。對於蔡雨倫而言，她不是很喜歡這樣的工作，畢竟一人做事一人擔，似乎沒必要去騷擾他的家人，然而長官這麼說，她也只能照做，她帶了攝影跟她一起下去，至少也有照應。

他們立刻搭乘高鐵南下，循著住址找到黃澤遠的老家。當他們到達現場後，卻發現這裡早就人滿為患，許多電視台的SNG車、記者、旁觀的群眾竟然都已經在這裡，甚至已經有攤販在賣香腸與飲料，黃澤遠的老家宛如中秋節的高速公路休息站，或是臨時形成的花園夜市。

蔡雨倫盡力的推開人群，往黃澤遠的老家走去。黃澤遠的老家是四合院，前面就是個空曠的廣場，剛好可以讓許多記者一湧而入。她到的時候，黃澤遠的老父親剛好被勸出門來說明，他蒼老的臉龐，看起來格外無奈。

「我兒子很久沒回來了，我不知道發生什麼事情。」他惶恐的說。

「請問你知道你兒子殺了兩個人嗎？」一位記者尖銳的問。

「我不知道。我真的不知道。」他重複了兩次，還是一臉驚恐。

「你要不要跟社會大眾道歉？」另一個記者問。

「我沒有看電視，我不知道。但是我兒子如果做錯了，我願意道歉，請大家原諒他。」他的聲音有點顫抖，看來他還是不知道為什麼而道歉。

「你這樣的道歉誠意很不夠，兩條人命，就這樣而已？」第一位記者又強調了一遍。

「我不知道。」老先生都快哭了。「請你們原諒我不會教兒子，我願意賠償。」

旁觀的民眾忍不住叫囂，「都要賴給朋友是不是？我兒子很乖，都是別人教壞的？」

只見那個老先生跪了下來，「對不起，請大家原諒我。」

照相機的鎂光燈此起彼落，群眾也響起了滿意的讚嘆聲，這位老先生果然很有誠意，滿足了大家對於「道歉」的期待。

蔡雨倫冷眼旁觀這一切，突然覺得很噁心。明明就不是他的錯，為什麼要逼迫他道歉？這些吵雜的人群，對她而言突然就像是機場旁的噪音一樣刺耳。她的攝影把剛剛的一切都拍了下來，得意的跟她說，「這就是明天頭版的照片了！」

老人垂頭喪氣的在別人的攙扶下，默默的走進家門。她忍住嘔吐的感覺，往四合院外走去。她不想再繼續傷害這個老人，攝影緊追在後，「雨倫姐，老總說……」

「管他說什麼！」蔡雨倫冷冷的回答。

他們往外走去，媒體與人群都聚集在四合院外，沒有太多人注意到他們。不過蔡雨倫注意到大樹下有個男子在高談闊論，旁邊則是有幾個人圍在他身邊專心的聆聽。

「照我看，這對母女一定是他殺的。」這人信誓旦旦的說。「我跟他是從小到大的朋友，他以前看到流浪狗，就都會直接拿棍子打，我早就知道他這個人有暴力傾向。」

「你是他朋友？」蔡雨倫湊過去問他。「我們是首都日報的記者。」

其他人看到記者來，就迅速的散掉了，只有他還留在原地。

他點起了菸，冷眼看著他們兩個人，「你們是記者？想要問我什麼？」

「你認識黃澤遠嗎？」蔡雨倫問。

「我跟他是鄰居，我們從小一起長大的。」他口沫橫飛的講著，「他小時候就有暴力傾向，會虐待動物，而且唸到國中畢業就沒繼續唸書了。他去哪裡？就去台北工作，說想要賺錢回家。可是他爸媽也沒拿到錢，都靠他一個弟弟在養。結婚？沒聽說呢，他好像都一直是羅漢腳，誰要嫁給他這種人？」

「他弟弟在哪裡工作？」她追問。

「就在市區的銀行上班，你們隨便問都知道。」他把銀行的名稱告訴她。

「好的。」蔡雨倫沒多說什麼，「謝謝你的幫忙。」

「不用留我的名字嗎？」他眼看蔡雨倫要離開了，「我提供的資訊應該很重要吧？」

蔡雨倫看了他一眼，「謝謝你的幫忙。」

攝影快速的跟上她，急著問：「怎麼不理他了？」

蔡雨倫沒有講話，因為她心裡的作嘔感還沒有退去。

＊＊＊＊＊＊

在非都會區的地方，往往都會有一條中正路，也是最熱鬧的市中心，旁邊則是會跟著有中山路，在國外大概就是所謂的主街（main street）。在這條大街上，有許多的商店，當然少不了銀行，黃澤遠的弟弟黃澤清，就在這裡工作。
黃澤清的工作是負責櫃台出納，他們先在銀行內問了警衛，然後耐心的等到黃澤清中午休息時間。他看起來心事重重，不過不時有同事跟他拍拍肩膀，然後低聲跟他說幾句話。
黃澤清總算暫時忙完手邊的工作，離開座位往銀行大門走去。蔡雨倫快步的跟上，走近黃澤清的身邊，問了他一句話：「我可以跟你聊聊你大哥嗎？」
黃澤清震了一下，臉部顯露出嫌惡的表情，「你們是記者？想幹嘛？」
蔡雨倫有點尷尬，但還是搭腔，「我只是想知道你大哥過去在家裡的狀況。」
「無可奉告。」黃澤清冷冷的說，「不要騷擾我。他是他，我是我。」
他們兩人沒有停下腳步，黃澤清甚至加快速度，希望擺脫蔡雨倫的糾纏。
蔡雨倫眼看「採訪」就要失敗，她站定在路口，對他大聲喊了一句：「難道你不覺得你大哥是無辜的嗎？」
黃澤清聽到這句話，突然轉過身來，鐵青著臉對蔡雨倫說，「我不管他是不是無辜，我已經受夠了。小時候，他就帶給家裡很多麻煩，爸媽從來沒有停止對別人道歉過。我在學校，就因為那個人，被認為是不良少年的弟弟，我要加倍努力來證明我是對的，他是錯的。在這個小鎮裡，什麼消息都傳得特別快，我一找到工作，就被老闆跟同事關切，那個人又做了什麼？」

他非常激動的看著他們兩人，「夠了！真的夠了！他去死一死就好，不要再來亂了。我們家沒有這個人！」他就像連珠砲似的把那些話全都講了出來，然後不顧眾人眼光，蹲在地上大哭。

蔡雨倫突然覺得，自己是個噁心的人，專門揭人隱私。

* * * * *

潘志明覺得很煩躁，因為長官已經因為這件事情，約談了他好幾次。

「媽的，偵查不公開，你是哪裡來的膽子，把這些資料交給那個搞笑藝人？」分局長對他拍了桌子，「你不想幹了是不是？這是洩密罪你知道嗎？上次那件事情還搞不夠？一定要再來一次？你知不知道檢察官已經要我去交代事情到底是怎麼一回事？王建州為什麼會有那個傢伙的個人資料？」

「報告長官，我真的不知道。」潘志明直挺挺的報告，但是臉上有滿滿的苦笑，「我真的沒有把資料給他。」

「林翊晴的筆錄做完沒有？」分局長問。

「報告長官，已經請婦幼隊的同仁協助做好了。」他說。

「唉！你是不是要把我搞死，你才會滿意？」分局長情緒還是很不好。「你把這件事情查清楚，寫個報告給我。督察室會進一步瞭解情況，你就暫時休息，等候調查。」

「是。」潘志明除了這個字以外，好像沒辦法有任何回應。

這時候，潘志明的手機突然響起，氣氛有點尷尬，他不知道該不該接。分局長揮了揮手，要他接起電話。

「是。是。是。」他連聲說是，但掩藏不住興奮，「人在醫院裡？我立刻過去。」

分局長驚訝的看著他，「怎麼回事？誰在醫院？」

「報告長官，是黃澤遠。他在醫院裡。」潘志明把電話掛上，立刻向分局長說明。

「他怎麼會在醫院裡？」分局長好奇的問。

「報告長官，他在醫院裡已經有兩三天了，一直都在加護病房。據說他發生嚴重車禍之前就送到醫院，因為沒有身分證件，所以沒人知道他是誰。後來是因為媒體上播放他的消息，醫院覺得這個人很可疑，才向警察局通報。」潘志明說。

「立刻派人過去，你暫時繼續承辦這個案件，但是，不要再搞砸了，這次再出狀況，我一定要求記你兩大過。」分局長揮揮手，要他出去。

他立正站好，向分局長敬禮，然後快步的走出去。

＊＊＊＊＊

醫院裡人聲鼎沸，這個國家的司法體系，果然沒有任何祕密，黃澤遠在山區車禍受傷的事情，已經在媒體圈傳開來，有些電視台已經用即時頭條的方式處理這則新聞。醫院方面拒絕透露任何的消息，然而當潘志明到達現場時，媒體的數量更勝於剛發生慘案時。

「請問醫師，他的傷勢如何？」潘志明禮貌的問主治醫師。

「目前沒有生命危險，但是他還在昏迷中，可能不適合接受偵訊。他的腦部受到一些撞擊，嚴重的話，可能會變成植物人。」醫師皺著眉頭說。

「要多久才會醒過來？」潘志明追問，「現在有很重要的事實，需要他出面釐清。」

「我知道這件事，新聞媒體的報導這麼多，他是誰，我很清楚。但是，在我面前，他只是病人，不是被告，我只能先保護他的健康，而不是你的案件。」醫師對潘志明的請求，倒是不假辭色。

潘志明被醫師搶白後，有點訕訕然，但是他還是希望醫師如果認為他能接受偵訊，可以立刻通知他。

醫師不置可否，而潘志明則是立刻請當地分局派人協助警戒，不讓媒體靠近。

＊＊＊＊＊＊

與此同時，檢方也針對黃澤遠在台北的租屋處發動搜索，檢察官與警方特別通知媒體，並且大陣仗的荷槍實彈，希望能在黃澤遠的住處中找出有關本案的蛛絲馬跡。搜索時，因為黃澤遠並不在現場，所以已通知房東到場，希望他可以協助釐清案情。警方在黃澤遠的住處中，並沒有搜到與本案有關的直接證物，在折騰了三個小時以後，檢察官與十餘名警察只能面無表情的離開現場，也拒絕接受任何訪問，但還是帶走了不知道內容為何的所謂「一箱證物」。

媒體記者在黃澤遠的租屋處門口，架設SNG車，簇擁者等待房東出面。房東喃喃自語的走到門前：「有夠倒楣的，怎麼租給這種殺人魔，這下房價要跌了。」他一走出門口，所有人一擁而上，把麥克風塞到房東面前：

「請問你把房子租給殺人魔，你有什麼看法？」其中一名記者問。

「我？」房東突然愣住了，「我沒有看法，只覺得很倒楣。」

「這個人來簽約的時候，有什麼異狀嗎？」「繳納租金正常嗎？」「聽說他本來就是變態，你怎麼沒有發現？」媒體記者的問題此起彼落，讓他有點難以招架。

「一個一個來，我聽不到。」房東說，「他看起來跟一般房客沒有什麼兩樣，我當然看不出來。知人知面不知心，更何況他從來沒有遲繳過租金，我真的不知道他會是這麼喪心病狂的人。」

「請問剛剛警方有搜索到什麼嗎？」另一名記者追問。

「我不清楚，大概就是他的電腦。不過，我有看到他有一堆A片，都是日本的，有亂倫、學生妹、群交的，我看了很噁心。他果然是這樣的人。」房東無奈的說。

這話一出現，記者與圍觀群眾紛紛出現「變態」、「果然」、「不意外」等等的聲音，大概會是即時新聞的標題吧。

有個攝影在旁邊小聲的說，「A片不都是這樣嗎？」只是隨即遭到旁邊的記者白眼，「你果然也是變態。」

＊＊＊＊＊＊

黃澤遠的老家陷於愁雲慘霧中。黃澤遠的父親看著電視上的報導，不斷出現的頭條是：「凶嫌黃澤遠在南投山區墜車，現在於某醫院昏迷中」「警方搜索黃澤遠租屋處，發現大量變態A片」「黃澤遠涉有重嫌，恐遭檢方聲押」，黃父不耐煩的把電視關掉。

「幹恁娘，生這種沒路用的兒子！」黃父的臉色非常難看。

黃澤遠的母親，一直在客廳落淚，聽到黃父這麼說，就更傷心了。

「怎麼說也是你兒子，不要這樣講他了，都是我沒教好。」黃母自責的說，「他小時候只是比較調皮，我怎麼知道他現在會這樣？他以前連打人都不敢，一定是到台北以後，被他的朋友帶壞的。」

「不用說這麼多，這種人趕快判死刑就好。」黃父生氣的說，「丟我的臉，還要我跟大家下跪道歉。」

黃母一直哭，「判我死刑好了，他一命不夠還，讓我死一死好了。」

「不要在那邊哭父哭母了，我來死好了，我現在要怎麼在這個庄頭活下去？」黃父惡狠狠的瞪著太太。

此時家裡的電話鈴聲響起，黃父坐在沙發邊，順手接了起來。

「喂？喂？喂？」電話的另一端，什麼話也沒說，「你說話啊？誰？」

電話掛斷了，但是立刻又重新響起。黃父還是接了起來，但是對方又掛斷。就這麼重複好幾次，黃父不耐煩的罵了聲「你有本事就出聲音啊！幹！」

對方這次沒掛斷，一個粗魯的男聲用台語說，「殺人還敢大聲喔！未見笑！」

黃父驚恐的把電話掛上，但是鈴聲立刻又響起。他不想理會，但又怕是警方打電話過來，所以也不能把電話線拔掉，只好又接起電話。原來的男聲在電話那頭：「掛林北電話，你很大膽。我跟你說，殺人償命，你全家試試看！」

黃父再度把電話迅速的掛上，太太看到老公的臉色很難看，一直問他怎麼了。黃父沒有多說，只是疲倦的說，「打錯電話了。」

然而，電話鈴聲沒有停，還是繼續的響，太太握住老公的手，而黃父則是臉色鐵青，不知道該不該接。

黃澤清聽到電話鈴聲不斷的響，不耐煩的走出房門把電話線拔了，然後把電話往地上摔。「你們要忍耐到什麼時候？」黃澤清氣憤的問，「我今天手機都不敢開機，在銀行上班的時候，竟然還有記者來找我，問我是不是他弟弟。我還要不要上班啊？經理叫我明天開始請假，等事情過了再說，我真的覺得很倒楣。」

黃父無奈的看著黃澤清，「你覺得你大哥有殺人嗎？」

「他有沒有殺人不是重點，重點是大家認為他有殺人。」黃澤清冷漠的說。

黃父重新問了一次，看著黃澤清的眼睛，「我再問一次，你真的認為你大哥有殺人嗎？」

「有。」黃澤清斬釘截鐵的回答。

＊＊＊＊＊

潘志明無聊的在醫院裡等待黃澤遠醒來，已經是案發三天了，病房外有兩個警察站崗。

「報告學長，嫌犯黃澤遠醒來了。」其中一位警察說。

他一聽到這個消息，整個精神都振奮起來，「那麼我可以進去嗎？」

「醫師說還不行，要等到狀況穩定一點，才適合作筆錄。」那位警察說。

潘志明點點頭，看來這個案件不會變成懸案，他總算放心了點。在等候醫生通知他之前，潘志明走出醫院外，點起了一根菸。

電話在這時候響起，是檢察官打過來的。

「潘偵查佐，可能要麻煩你，跟醫師確認一下，只要黃澤遠的健康狀況好轉，立刻轉院到台北來，我這裡要開庭，他涉嫌殺人罪，這又是社會矚目案件，我們必須要加快偵辦的進度。」檢察官說。

「請問檢座，女孩的涉案部分呢？」潘志明問，他總覺得這個女孩的表現，始終透露著詭異。

「這部分是由少年法院的法官審理，據說他已經傳喚林翊晴，如果法官認為必須移送到地檢署來偵辦，就會由我接手。如果法官認為她無罪，就會不付審理，直接在他那裡結案，不會送到我這裡來。」檢察官說。

在台灣，針對少年犯與成年犯的處理程序並不相同。少年犯，必須先移送到少年法院，由少年法院的法官判定是否犯罪情節重大，再決定是否把案件留在少年法院繼續審理，或是移送到地檢署。舉例來說，如果少年所犯的罪，最輕是三年以上有期徒刑的時候，就必須移送到地方法院檢察署，由檢察官續行偵辦。但是如果少年所犯的罪不重，少年法院就可以直接裁定保護管束、感化教育，或是責付給家長，甚至是不付審理等等。至於成年人犯罪，則是一律移送地檢署，由檢察官偵辦。

潘志明聽到檢察官的說明，他的眉頭不用皺，也開始覺得事情並不單純。因為這樣聽起來，就是檢察官會針對黃澤遠的部分進行調查；但是少年法院的法官卻會對林翊晴的部分進行調查。這樣的雙頭馬車體系，一般來說不會出現，但是在本案中卻非常棘手，因為雙方的偵辦方向如果不一樣，甚至口供不一致，未來可能會引起軒然大波。

其實，潘志明更擔心的，就是這個檢察官的風格。所以對於案件未來的走向，他真的不敢想。

CHAPTER

08

將軍令

白正廷檢察官一大早就被檢察長找去「坐沙發」。所謂的「坐沙發」，是檢察官之間對於檢察長約談的「暱稱」。基本上，檢察官與法官不同，基於檢察一體的原則，檢察官雖然獨立辦案，但還是會有上下隸屬之分。檢察長對於某些檢察官而言，只是行政體系的領導人，但是對於某些檢察官而言，則是升官的重要關鍵。只要與檢察長打好關係，大概在司法行政體系中升官就相對容易，因此能夠去檢察長辦公室坐沙發，與檢察長可以多認識，大概就是還不錯的機會。

白正廷就是後者。

白正廷曾經在台北地檢署黑金組任職，辦過許多重大金融案件。黑金組，號稱北檢第一組，一般而言，能進入黑金組的檢察官，都具備有一定的人脈與能力，而在黑金組擔任檢察官之後，仕途也都看俏。關於白正廷，最有名的事件就是向法院聲請羈押一位政治人物，因為他違反集會遊行法。一般而言，政治人物違反集會遊行法，是司空見慣的案件，當年白檢察官大動作的聲請羈押，讓許多同事不以為然。但是，因為這個政治人物與檢察長向來不對盤，檢察長對此倒是非常滿意，也為此把白正廷調進黑金組辦事。

這位政治人物，是當時即將競選台北市長的熱門候選人。當時，他的支持者為了二〇〇四年的總統大選爭議衝撞法院，雖然他並未在現場，但是白正廷仍然以教唆群眾違反集會遊行法，大動作拘提這位政治人物，在拘提到案後，竟然向法院聲請羈押。雖然法院隨後以犯罪事實、涉案程度不明確，並且也不符合刑事訴訟法的羈押要件，將本件聲請駁回，但是這位檢察官也因此聲名大噪。

白正廷在檢察長的力挺之下，順利進入黑金組。雖然他進入這個「天下第一組」的過程有些許爭議，但是他的能力倒是無庸置疑，每個人都知道，他將會是同一期的司法官訓練所中「首派」的主任。所謂的「首派」，就是在同期的檢察官同學中，第一個升官擔任主任檢察官的人。通常這樣的人，在擔任兩屆八年的主任檢察官以後，接著就是調升高等檢察署擔任檢察官，再幾年後，就是高檢署主任檢察官，甚至是檢察長的熱門人選。

總之，白正廷是檢察體系的明日之星。但這不是檢察長要提拔他的主因，重點還在於自己的女兒，就是白正廷的女友。檢察長的女兒對於政治與法律毫無興趣，卻又是獨生女，既然不能培養她進入司法圈，只能讓唯一的未來女婿在仕途上一帆風順。

這個檢察長也是從基層檢察官做起，他對於被告向來就是「殺無赦」，只要是被他盯上的被告，幾乎都是判決有罪，所以在起訴幾個重大案件之後，又因為個性海派，媒體關係相當好，很快就被高層賞識，收編為所謂的「自己人」，他的路徑就是一個所謂的「成功的檢察官」會走的道路。

＊＊＊＊＊＊

在進入準岳父大人的辦公室之前，白正廷的心裡很不舒坦，因為剛剛開庭時，他做了一個「奇特」的決定。

「你是否有收到保護令的裁定，不能騷擾你的配偶？」

那個人一句話也不說。

「你是否承認你有拿刀恐嚇你的太太？」

那個人還是沉默。

「根據卷證資料顯示，你有恐嚇你配偶的犯罪事實，也有反覆實施的可能，我現在告訴你，根據刑事訴訟法的規定，我決定向法院聲請羈押你。你有什麼話要說嗎？」

那個人的嘴唇動了一下，但還是沒說話，他的太太在旁邊聽到檢察官要對她先生羈押，竟然跪了下來，直接向白正廷說：「求求你，不要押他。我們家都靠他的收入維生，他要是被關起來，我們就沒飯吃了。拜託你！」

他不為所動，但是突然從口袋裡拿了五千元給這個婦女，「妳不能這樣，他下次真的會殺了妳。」

女人先是收下這五千元，但接著卻放聲大哭，哭聲迴盪在偵查庭內，而先生立刻就被法警帶走。

他進檢察長的辦公室前，一直在想，這樣的決定對不對。

白正廷敲了門，檢察長請他坐下來，熱情的跟他打招呼。

「正廷，有件案子要交給你了。」檢察長拍拍他的肩膀，「這是一件社會矚目的重大案件，殺害母女的真兇，據說已經抓到，是個中年男子，你就負責把他起訴，至於媒體曝光的部分，我會讓你出面說明。」

「報告檢察長，確定是這個人嗎？」他有點疑惑，「先前不是有個未成年的女孩，也就是被害人的女兒涉案，只是因為她的健康狀況還沒復原，目前少年法院的法官似乎還沒有開始調查。」

「她現在還未滿十八歲，必須先由少年法院審理。當然，如果是她幹的，一定會移送到地檢署來。但是，未成年人不能判死刑，戲劇張力就少了很多。我要你把這個中年人起訴，而且起訴必須要比少年法院的調查結果更快。這樣一來，只要你具體求處死刑，社會大眾肯定把你當作正義的化身，而且你也可以變成幫助小女孩的弱勢代言人，你懂我的意思吧？」檢察長慢條斯理的說了這段話，然後倒了杯熱茶給自己。

白正廷當然知道檢察長的意思，就像上次一樣，只要按照檢察長的意思去做，就可以獲得許多「高層」的「讚賞」，對於將來當上主任檢察官，當然有很大的幫助。

白正廷點點頭：「謝謝檢察長的栽培，我一定全力以赴。」

＊＊＊＊＊＊

因應檢察官的要求，黃澤遠清醒以後，立刻在大批警力的戒護下被移送到土城醫院戒護治療，但是他看起來還不知道發生什麼事情。

既然身體已經大致上復原，檢察官因此要求黃澤遠必須親自到地檢署接受偵訊。據說黃澤遠看到傳票的案由時，一臉茫然，「殺人？我殺了誰？」不過法警沒有理他：「你再演戲啊！等一下檢座就會給你好看，我看你是一定要被押起來的。連女人都殺，還嫁禍給她女兒，你這種人沒救了！」

因為媒體都守在地檢署門口，白正廷特別要求將人犯從特別通道帶進地檢署偵查庭內。不過他允諾媒體，在訊問完犯人後，他會親自召開記者會，「適度」說明案情，所謂「適度」，是因為偵查不公開的原因，他只能基於「消除社會大眾疑慮」的部分做說明。當然，事實上會說多少，還是由檢察官自己決定。

白正廷對著法庭上看起來仍然虛弱的黃澤遠說：「被告，請陳述你的姓名、出生年月日與戶籍地？」

「我叫做黃澤遠，民國五十七年五月一日出生，戶籍地在彰化和美。」他把詳細的資料跟檢察官陳述。

「你因為涉嫌殺人罪，正由本署偵辦中，你可以保持沉默，不需違背自己意思而為陳述，可以選任辯護人，可以請求對你調查有利的證據，以上是你的權利，你清楚了嗎？」白正廷頭也沒抬的問他，聲音平板但卻急促。

黃澤遠幾乎聽不懂他在說什麼，只是似懂非懂的點點頭。

「你需要律師嗎？」檢察官問他，像是例行公事。

「我需要律師嗎？」黃澤遠反問檢察官。

「現在不是你問我，是我問你！」白正廷瞪了他一下，「看來你應該不需要律師，畢竟還能跟我對答如流。不過，如果你後來反悔，想要找律師陪你，我可以隨時停止訊問，你瞭解嗎？」

「我為什麼犯了殺人罪？我殺了誰？」黃澤遠發出微弱的抗議，沒有回答他的問題。

「我再說一次，我剛剛問你，你對於自己在法律上的權利是否瞭解，你回答我這部分就好。其他的部分，我沒有問你，你不要回答。」白正廷總算正面看了他一眼，雖然眼光還是冷酷。

「是。」黃澤遠像是洩了氣的皮球一樣。

「請問你，有沒有在二〇五年一月二十八日深夜，進入被害人陳阿滿與林美秀位於台北的家中？」白正廷問。

「有，但是我去一下就走了。」黃澤遠說。

白正廷只重複說「有」這個字，書記官很有默契的在筆錄上照著檢察官的覆述打字，其他並沒有記載。

「請問你，你去她們家做什麼？」白正廷繼續問。

「我去找阿美，只是想跟她見面而已。」黃澤遠說。

「你跟林美秀是什麼關係？」白正廷問。

「我跟她是男女朋友。」黃澤遠說。

「那麼，你大概幾點到案發現場，當時現場有誰在？」白正廷問。

「我大概十一點多到她家，當時她跟她媽媽都在，但是我不知道她女兒在不在。」黃澤遠說。

書記官在筆錄上記載，「被害人在，她女兒不在。」

「然後發生什麼事情？」檢察官問。

「我進去她家以後，沒隔多久時間，她就開口跟我要錢，但是最近工作比較少，實在拿不出錢來，我只好跟她說，下次再給她。但是她媽跟她都很不高興，就罵了我幾句話。我聽了也很不爽。」黃澤遠說。

「所以你就殺了她們？」白正廷冷峻的眼神直視著他。

「怎麼可能！」黃澤遠驚呼，「我當時拿出我口袋裡所有的錢，大概是兩千元，跟她講，就這些了。但是她還是不滿意，就直接伸手過來我的口袋摸索，我把她推開，她直接跌倒，好像有跌在地上。」

白正廷眼神一亮，「所以你有對她動手？」

「這也不算是動手，我是不小心推開她的。但是她媽就立刻衝過來，打了我一巴掌，我當時氣不過，畢竟平常都是我照顧他們的，怎麼現在為了一點錢，就這麼對我？」黃澤遠現在想起來，還是很氣憤。

「然後呢？發生什麼事情？」白正廷追問。

「然後他們母女就像是發瘋一樣的打我，我當然也還手，後來我女友的媽媽叫我滾，我只好離開她家。」黃澤遠無奈的回答。「當時我很緊張，還以為她們會報警。」

「你離開的時候，她女兒回家了嗎？」檢察官問。

「沒看到，我甚至不知道她到底有沒有在家。」黃澤遠回應。

白正廷突然問了黃澤遠一個問題，「你以前有在她們家做菜過嗎？」

「沒有。」黃澤遠說。

「你確定？我再問你一次。這個問題很重要。」

「應該沒有吧。」黃澤遠被問得有點遲疑，但最後還是吐出了這個答案。

「提示證物，也就是現場照片，請被告指認。」白正廷看起來雲淡風清，但明顯的對黃澤遠已經不信任。

白正廷把所有的現場照片一張一張給黃澤遠看，包括陳阿滿與林美秀慘不忍睹的死亡照片，以及林翊晴被砍傷的驚悚畫面，黃澤遠翻閱這些照片，每一張都不放過，像是仔細的端詳自己完美的作品一樣。

白正廷厭惡的偏過頭，不想看到他這種毫無悔意的態度，然後把現場沾有血跡的凶刀照片給他看。「你知道這把刀上有你的指紋嗎？」

「我不知道。」黃澤遠回答的很乾脆，「總之我沒殺人。」

「我們後來把凶刀上殘餘的指紋送去檢驗，確實是你的。你要如何解釋凶刀上有你的指紋？」檢察官問，「而且，你剛剛不是說，你從來沒有在她們家做過菜，這樣刀子的指紋從哪裡來？」

「我不知道！」他的表情顯得非常訝異。

「你以為講不知道就沒事嗎？」檢察官突然溫和的問他，「而且這段時間，媒體都已經大幅報導你是嫌犯，為什麼你一直不出面說明？」

「我根本不知道，當時我已經受傷昏迷，根本不知道外面發生什麼事情。」黃澤遠抗議。

「另外，有證人指出，你當天凌晨逃出他們家的時候，全身都是血，你如何解釋？」他的口氣又轉為嚴厲。

「我？全身是血？」黃澤遠張大了嘴巴，似乎不可置信，「怎麼可能？當時頂多就是有淤傷，我身上沒有凶器，怎麼可能砍殺誰？」

白正廷冷笑，「這是證人說的，你不必急著否認。況且，你怎麼知道是砍殺？」

「我要求對質！」黃澤遠大喊，「這是不公平的。」

他喊冤的聲音，穿透偵查室的厚重大門，連在外面豎耳聆聽的記者，都清晰的聽到這兩句話，法警緊張的靠近黃澤遠，他則是凶狠的瞪了法警一眼，「我沒做的事情，我是不會承認的。」

白正廷重新整理了一下情緒，「你如果承認，本件犯罪或許還有機會在未來判處無期徒刑，你現在要說謊也行，要裝瘋賣傻也罷，但已經有證人指證你，犯下殺害陳阿滿與林美秀的罪刑，而且還企圖逃亡拒絕到案說明，我會向法院聲請羈押禁見，你先進拘留室冷靜一下好了。」

黃澤遠不知道是憤怒還是羞愧，紅著臉對檢察官說，「我沒做！你要是冤枉我，你一定會下地獄的！」

「地獄？你所犯下的罪，現場就是地獄。」檢察官冷冷的說。

法警為黃澤遠上手銬，匆匆的讓他在筆錄上簽名。他看也沒看，直接就寫上自己的名字，接著他被帶出偵查庭，先關押在拘留室，等待檢察官寫聲押書。

＊＊＊＊＊

白正廷回到辦公室，開始動手寫聲請羈押書。對於這個案件，從一開始的懷疑，到現在則是覺得非常有自信。從黃澤遠的表情看起來，他假裝真的什麼都不知道。但是，已經有證人指證他確實犯罪，而且又有凶刀的指紋，看起來就是他所為。

白正廷很快的把聲押書完成，然後將所有卷證移送給值班的法官審理，決定是否有羈押的必要性。

「就讓法官來主持正義吧！」他自言自語的說。這種又可以博取名聲，又可以讓他升官的案件，比起上一件來說，可以說好上太多了。

＊＊＊＊＊

兩小時後，黃澤遠被移送到台北地方法院刑事庭。就台北市而言，地檢署與法院就在同一棟建築物，對於第一次來這裡的人，其實很難分辨當中的區別究竟何在。

簡單來說，面向博愛路這一端是地檢署，面向重慶南路這一端就是法院，連接兩個機關的只有一條通路，沒有明顯的區隔。如果從服飾來看，穿著紫色法袍的人，就是檢察官；穿著藍色法袍的人，就是法官；而穿著白色與黑色混搭的法袍的人，就是律師。

黃澤遠早已經上了手銬與腳鐐，緩慢的從拘留室往法庭走去。

他被安排坐在被告席上，剛剛訊問他的檢察官，現在就坐在他的對面。等了幾分鐘，有個穿著藍色法袍的人，從台上的後門走進來，法警要大家起立，而且精神抖擻的大聲向這個穿著藍色法袍的人問候：「法官好！」

法官看起來是個年紀不大的年輕人，約莫三十歲上下而已。她在坐定以後，也請所有人坐下。

她同樣的向黃澤遠宣告他的權利，然後請法警幫他的手銬與腳鐐解開。這一次黃澤遠聽得比較懂一些，好像是說，他可以請律師之類的。所以他舉手發問，「我可以請律師嗎？」

法官微笑的跟他說，「當然可以，我們已經幫你聘請了一位公設辯護人。」

語畢，一個身穿綠色法袍的人走進來，坐在他旁邊，「我就是你的辯護人。」

實務上，殺人屬於強制辯護案件，因為法官知道這個人應該沒有聘請律師，所以直接指定公設辯護人，也就是專職為涉犯重罪、但是沒錢聘請律師的被告辯護的公職人員，他們的穿著就是綠袍。

他突然進來，卻似乎在所有人的預期之中，除了黃澤遠以外。黃澤遠跟法官抗議，「我不認識他，我想要找我認識的律師。」

法官淡淡的說，「當然可以，但是這是國家為你指派的辯護人，如果你還要找律師，我們也還要等他過來，時間會有點久，如果本院認為你涉案情節不重大，會駁回檢察官的聲請，你不就可以早點回去？」

黃澤遠偏著頭想想，似乎也有道理，於是直接點了點頭，不再堅持。

「我先請教你幾個問題。」法官問，「請問，那天晚上，你跟被害人陳阿滿與林美秀的爭吵，除了你跟她女兒外，還有誰在場嗎？」

「沒有，就只有我。」他簡短的回應。

「檢察官提出有你指紋的凶刀，以及其他證人的證詞佐證你確實涉犯殺人罪，你有何意見？」法官問。

「凶刀我不知道，至於證人，我想知道是誰指證我。」他的回應聽起來有些無力。

法官將卷宗給黃澤遠看，「提示偵（一）卷第一四五頁至一四七頁、第一八二頁至一八六頁，亦即證人123456789與王建州的警詢筆錄。」

坐在台下的通譯，接過法官遞給他的卷證，直接交給被告閱覽，法警則是緊緊的跟在被告身邊，一副如臨大敵的樣子。

黃澤遠一開始還氣定神閒的看著筆錄，但是他的臉色隨著翻閱的資料越來越多，開始變得很難看，「報告法官，他們說謊！通通都說謊！」

書記官迅速的在鍵盤上打出這幾個字，「他們說謊！」

「說謊？然後呢？」法官追問，「什麼是事實？」

「事實就是，我沒做！」他憤怒的回應。

法官聳聳肩，直接問公設辯護人，「對於檢察官聲請羈押並且禁止通信接見，公辯有何意見？」

公設辯護人面無表情的說，「雖然事實仍有待調查，但是如果黃澤遠可以承認犯行，我們會建議鈞院依法處理，不要羈押。」

黃澤遠瞪了公設辯護人一眼，似乎是說，我沒有要承認。

法官接著問黃澤遠，「請問被告對於檢察官聲請羈押並且禁止通信接見，有何意見？」

黃澤遠的表情難以形容，有種謊話被拆穿的感覺，只能無力的說，「我沒做！」

法官慢條斯理的說，「被告所犯為死刑、無期徒刑或最輕本刑為五年以上有期徒刑之罪，雖未承認但犯罪嫌疑重大，有凶器指紋及證人為證。又被告於案發後拒絕到案，曾企圖潛逃到中部，有事實足認為有逃亡之虞。因此根據刑事訴訟法一百零一條之規定，予以羈押，並且禁止通信接見。」

黃澤遠聽到被收押，臉色都垮了下來，「拜託法官，我願意承認，妳不要收押我。」

法官露出「果然如此」的表情，然後對他說，「被告，你願意承認犯行，我還是要押你，因為你的惡性實在太重大，不羈押你不行。」

黃澤遠露出痛苦的表情，「我都承認了，還要我怎麼樣？」

「你們這些被告都一樣，被法院羈押了，才說什麼都要承認，然後被起訴到法院的時候又重新翻供。」法官沒好氣的說，「但是我要把你剛剛承認的自白記明筆錄。」

黃澤遠不懂什麼是記明筆錄，但是他看到書記官重新開啟筆錄檔案，然後在法官裁定羈押與詢問被告的意見當中，打下幾個字：「我承認我有做這些事情，請法官不要押我。」

「這不是我的意思！」黃澤遠突然在法庭上咆哮。

法官站起身來，揮了揮手，請法警把他戴上手銬後帶走。

CHAPTER

09

為愛而生

林翊晴坐在少年法庭內的圓桌前，她的前方坐著一群人，這些人表情非常嚴肅。而她的旁邊則是社工與夏青。因為她未滿十八歲，必須由少年法院先行審理，如果法院認為少年所犯的罪可能判處最輕本刑五年以上有期徒刑，就會移送地檢署進一步調查，決定起訴與否。但是當少年的犯罪不成立，或是犯罪行為輕微時，就會直接在少年法院處理，給予不付審理的裁定，並且加上轉介輔導、管教跟告誡等等的處分。

法庭內的擺設相對可愛，牆壁上還有幾幅向日葵的畫作，應該是法院希望不要讓青少年感受到法院原本的肅殺氣氛。但是，今天的案件，無論如何都無法輕鬆，畢竟是外婆與母親疑似被女兒殺害的案件，而這個女兒卻又可能是受害者。

家事法庭外擠滿了採訪的記者，因為法院採訪規則的限制，攝影機不能進入法院，但是法庭外還是有記者等候，希望可以採訪到林翊晴，只不過她已經從法院的特殊通道進到法庭內，記者與旁觀的民眾只能在外面豎起耳朵，希望能聽到些許的蛛絲馬跡。

法官是個中年男子，他剛從刑事法庭調來這裡，對於不穿法袍、不打領帶開庭，似乎還有些不習慣，頻頻的調整襯衫的領口。在家事法院裡，為了讓青少年不要感受到肅殺之氣，所有的法院職員都是不穿法袍的，當然包括律師。但對於青少年來說，是不是可以讓他們比較不緊張，就不得而知了。這個法官，如果沒穿上法袍，看起來就像是一般的中年男子，被生活折騰得滿臉皺紋，就像是老了十歲一樣。

法官推了一下厚重的眼鏡，打開卷宗以後，環顧了四周。他的眼神刻意停留在林翊晴身上，他凝視著她，而她也不客氣的看著他。他發現女孩的眼神並沒有任何遲疑，讓他心中有了初步的定見。對於他而言，長久的刑事審理經驗告訴他，《孟子》裡的這句話是正確的：「觀其眸子，人焉廋哉。」如果一個人的心術不正，眼神就會飄移不定。這女孩的眼神並不膽怯，讓他稍微放了心。

「少年的身心狀況現在可以進行調查嗎？」法官問。

「應該沒問題，醫師也認為她可以出院了。」夏青代替她回答。

法官點點頭，客氣的詢問了林翊晴基本資料，包括住居所、身分證字號等等，而林翊晴也一改先前的沉默態度，小聲的回應了法官的問題。

「我看了一下卷證資料，有幾個問題想要請教妳，妳可以回答我嗎？」法官問。

林翊晴點點頭。

「我知道妳在警察那邊已經有做過筆錄，但是我想跟妳確認一下，那天妳所說的內容都是實話嗎？」法官再問。

「是，我說的都是實話。」林翊晴虛弱的聲音，格外引人同情。

「那麼，我想請問妳，妳跟媽媽、外婆的感情好嗎？」法官問。

「很好啊！」林翊晴淡淡的說，「她們有時候對我不好，但是我都忘記了。」

「她們會用剩飯給妳吃、讓妳睡在陽台上、還會用狗鍊拴住妳，怎麼還會感情好？」法官有點不悅，「妳不需要袒護她們，她們的行為確實構成家庭暴力，這種生活非常難以想像，我真的不知道妳怎麼活過來的。」

「因為她們討厭我，覺得我是拖油瓶，但是她們也有對我好的時候，所以我不恨她們。」林翊晴的回應很輕，看不出被虐待的重量。

「所以，妳不恨妳的媽媽跟外婆？」法官追問。

林翊晴像個小大人一樣，嘆了一口氣，「怎麼說恨與不恨？反正她們是我唯一的親人，我不知道我爸在哪裡，唯一能依靠的就是她們了。」

法官沒有再針對這個問題問下去，直接單刀直入的問，「妳愛他們嗎？」

林翊晴稍微震動了一下，但是立刻恢復正常，「愛。」

看起來，法官對於她的答案並沒有很滿意，不過也只是無奈的到此為止。他只好更換了另一個問題，希望可以釐清當時的真相。

「當天晚上，妳幾點到家的？到家的時候有誰在現場？」法官問。

「我下課就回家了，到家的時候只有我媽跟外婆在家。」林翊晴簡短的回答。
「妳認識黃澤遠嗎？」法官問。
「我知道他，他是我媽的男朋友。」林翊晴說。
「黃澤遠幾點到妳家？他到妳家做什麼？」法官問。
「他大概十一點到，我媽在喝酒，他們聊了一下以後，就到她房間了。」林翊晴說。
「當天晚上，妳在做什麼？」法官問。
「我先做菜、洗碗、打掃家裡，然後準備功課，最後在『沙發上』睡覺。」林翊晴說，還特別在「沙發上」三個字加強語氣。
「接著有發生什麼事情嗎？」法官問。
「我在睡覺的時候，發現有人靠近我，還摸我胸部，我很害怕，就大叫。他脫下褲子，叫我不要叫，會給我錢，我踢了他一下，我媽就過來了。」林翊晴的陳述斷斷續續，似乎不願意再提起。「我媽看到他對我這樣，很生氣，就打了他。他就跑去廚房拿刀，殺了我媽跟外婆。」
「妳可以描述詳細的行兇過程嗎？」法官問。
林翊晴突然放聲大哭，「我不想講了，我忘記了。」社工趕緊拍了拍她的肩膀，希望可以穩定她的心情。

「審判長，目前看起來她是家暴的受害人，如果要她詳細描述過程，恐怕會有二次傷害。這應該可以類推適用訊問性侵害的受害人時，『減少重複陳述』的原則。」夏青很不滿的說。

法官不置可否，靜靜的看著林翊晴。

「妳不想陳述沒關係。」經過難堪的一分鐘，法官總算開口，「我知道妳不想，但是這涉及到黃澤遠的權利，我必須要把事情瞭解清楚。」

「我真的忘記了。」林翊晴的臉還帶著淚痕，「拜託法官叔叔，我不想再回憶一次。」

夏青其實有點訝異，因為第一次在警方那裡陳述的時候，她的反應並沒有這麼大，難道是恢復正常以後，心裡的某些情緒突然宣洩出來，才會導致她現在這樣的表現？

法官靜靜的看著她，等她情緒稍微平復後，繼續問她，「所以他有對妳動手嗎？」

她沉默了很久，終於點點頭，「有，他把我壓在地上，拿了刀子刺我，我只好拿檯燈打掉他的刀子，而且把刀子撿起來保護我自己。後來我踢了他的下體，他就跑掉了。」

法官本來想要問她刀子上指紋的問題，不過她的回答似乎聽起來也合理，所以他直接問下一個問題，「妳有呼救嗎？」

「應該有。」她遲疑了一下，「但是我不知道有沒有人聽到。」

「後來他為什麼停手？沒有繼續對妳動手？」法官問。

「我不知道，他跑掉以後，我就跑出家裡求救，那時候已經沒有看到他了。」

法官低著頭，似乎是無意識的翻著卷宗，突然問林翊晴，「妳想念妳媽跟外婆嗎？」

「我很想。」原本已經停了的眼淚又掉了下來，「我很想念她們。從事情發生到現在，我都還沒有去看她們，心裡好難過。」

法官點點頭，沒有繼續給問題，夏青則是鬆了一口氣，也不知道為什麼。其實，就過去的經驗，她根本不怕這麼小的孩子被訊問。以前有被告問過她，如果要事先串證，要不要把證人找來，先教他怎麼說，這樣肯定萬無一失。

只可惜，實務上不是如此。當證人進了法院，如果檢察官或法官認真訊問，證人根本無力捏造答案，因為如果說謊，他所說的話，在這次或下次都會不一樣，要串證根本沒用。法官覺得證人說話顛三倒四時，不只不會採信，甚至會詢問證人，有沒有跟辯護人談過。一旦有談過，法官就會合理懷疑，這個證人的證詞已經被污染，無法作為判決的依據。所以，不在開庭前接觸證人，是夏青的頭號信條，就讓證人實話實說，免得將來在法庭裡有更多的意外，例如，萬一證人說「一切都是律師叫我這麼講的。」這個律師可能當場就會被法官移送懲戒。

況且，小孩與青少年，是最難「控制」的，當律師以為，一切都已經教好，可是法官或檢察官竟然問出其他的問題，可能就會讓小孩或青少年無法回應。因此，讓他們說實話最好。既然說實話，這些內容律師又事先知道，當然不會覺得有任何意外的可能性，當然更不需要緊張。然而，這次的訊問，卻讓夏青覺得心驚膽跳。難道是因為她下意識覺得林翊晴在說謊？當然這些念頭只是閃過，但或許這是她多想，畢竟所有的證據都顯示就是那個男人所為，女孩就是代罪羔羊而已。

法官緩緩的問了林翊晴，「妳現在還有其他親人嗎？」

林翊晴搖搖頭，「我不知道我爸是誰，其他親人都不在了。」說到這裡，她的眼淚好像又要掉了下來。

法官點點頭，問了一下少年調查官，「如果我裁定這位少年安置輔導，請問調查官會有意見嗎？」

少年調查官對於林翊晴的說法沒有疑問，所以並沒有堅持要怎麼做。

「那麼本院裁定，少年林翊晴應安置輔導，交付適當之安置機構。本院將視地檢署偵查結果後，決定最後的結果。」法官說。

夏青對於這樣的結果不意外，但是仍然問了法官，「請問法官，這是根據少年事件處理法第九條的規定嗎？」

目前台灣的少年安置服務，分類成三種，第一種是少年保護體系，安置對象是家庭遭遇變故、受虐待、惡意遺棄等少年，大概會收容在緊急短期庇護中心或是中長期收容中心。第二種是防制少年性剝削體系，安置對象是從事賣淫或是有從事之虞者，大概會收容在關懷中心，或是中途學校。第三種是少年非行輔導體系，安置對象是不付審理的轉介處分者、接受保護管束的保護處分者，大概會安置在行為安置輔導中心與更生保護中途之家。設置這些不同機構的目的，就是希望不同行為的少年可以有相異的照護。法官僅僅很模糊的說，交付安置輔導，讓夏青覺得很不安，因為不知道法官的用意何在，究竟是認為林翊晴無罪，還是認為林翊晴仍然有嫌疑。如果法官是引用少年事件處理法第九條，那麼就是意味著法官應該認為林翊晴是受害者，而不是加害人。

正當法官要開口說明時，林翊晴突然開口了。

「我不要去安置機構！」

法官好奇的看著她，「妳不想去安置機構的原因是什麼？」

「我就不想去。」林翊晴固執的說。

「這可能由不得妳，因為目前沒有法定代理人照顧妳。」法官說。

「法官，我可以擔任現在保護少年之人嗎？」夏青說，「根據少年事件處理法第二十九條，您應該也可以裁定，將她裁定交付給我，嚴加管教。」她特別在「嚴加管教」上加重了語氣。

林翊晴以感激的眼神看了夏青，法官嘆了一口氣，「妳確定要涉入這個案件這麼深？而且，妳有適合的場所讓她居住嗎？」

夏青笑了一下，「我早就涉入很深了。而且，我家很大，剛好可以有人作伴。」

法官想了一下，「那麼本院就裁定將林翊晴交付給少年暫時保護之人，也就是輔佐人夏青，請保證她遵期到庭。」

林翊晴與夏青竟然異口同聲說，「是，沒問題。」兩個人在講完以後，相視而笑。

＊＊＊＊＊

透過法警的引導，夏青牽著林翊晴的手，從法院的特殊通道離開。夏青的心情有些複雜，她在開庭前，從沒想過會把林翊晴帶回家，似乎只是因為一時衝動，才決定要帶她一起走，所以在法官裁定把林翊晴暫時責付給夏青的時候，夏青的心中曾經飄過一絲後悔。不過，此刻與她並肩而行，看著身材瘦小的林翊晴，夏青的心中泛起了一種特殊的感覺，決定要好好保護她，就像自己的妹妹一樣。他們繞過記者群聚的法院門口，夏青帶著林翊晴悄悄的到了自己車上，直到林翊晴坐在副駕駛座，她才鬆了一口氣。

「要去哪？」夏青問她。

「我不知道。」林翊晴搖搖頭，「但是不管去哪，都會比去寄養家庭好。」

「寄養家庭很不錯的。」夏青說，「是妳對寄養家庭有偏見。」

「總之我不喜歡去那裡，但是我很開心可以跟妳住在一起。我一直希望有一個姊姊可以照顧我，妳應該就是那個人。」林翊晴說。

夏青聽著這些話，有點感動。她不知道這麼短的時間，這個孩子竟然會喜歡她。她輕輕的抱了一下這個小女生，然後跟她說，「走吧！我們去買妳的日用品。我可不想要跟妳睡同一張床。」

半小時後，她們已經到了夏青家附近的大賣場。林翊晴開心的到處逛，買了些簡單的日常用品，夏青則是在超市選了些食物。她問了林翊晴想要吃什麼，林翊晴並沒有說，只是沉默的搖頭，讓她更感覺到心疼。她特別選了一些家常菜，想要給她一些家的感覺。

「妳真的會煮飯？」林翊晴問她。

「妳這是什麼問題？當然會。」夏青不服氣的回答。

「我以為律師只會罵人跟騙人，想不到還會煮飯。」林翊晴的語氣聽起來像是嘲諷，又像是認真的。

她們結完帳，並沒有任何人注意到她們。她們就像是一對姊妹一樣，自在的回到了家。

夏青打開家裡的燈，「對不起，有點亂。」

「這跟我想像中律師的家不一樣耶！」林翊晴興奮的說，「我以為家裡擺滿法律的書，然後很整齊，但是竟然完全相反。」她順手拿起丟在沙發上的一件衣服，「妳這裡就像是戰場一樣，我應該要好好幫妳整理，太不像樣了。這以後可是我們的家，不能這麼亂。」林翊晴就像是小大人一樣，一本正經的說著。

夏青笑了，她從這個女孩的眼睛裡，看到了對她的依賴與真誠，還有自己故做堅強、想要照顧人的那一面。夏青不想讓林翊晴看到她的眼眶濕潤，於是轉過頭去，把買回來的食材放到廚房，「妳去看電視，我要來煮點晚餐給妳吃。」

夏青先打電話給祕書，簡單的交代了一下狀況，然後請她把晚上的其他會議取消掉，祕書有些訝異，因為她從來沒看過工作成癮的老闆，竟然願意放棄跟客戶開會的時間，而去陪伴一個女孩。夏青動手做了一道青醬海鮮義大利麵，然後烤了些麵包。不過大概是生疏太久，這道主食看起來就像是台式海鮮炒麵。

簡單的一道麵食，夏青竟然做了將近三十分鐘，夏青把成品端上餐桌，正要去叫林翊晴過來吃麵，發現她已經累倒在沙發上。夏青怔怔的看著她的臉，睫毛上還帶了一點淚痕，令人不忍心叫醒她，於是拿了張面紙，把她臉上的眼淚擦掉。

十七歲，夏青想起當年的自己，不過就還是一個年輕的高中生，參加社團、交男友、準備大學考試，但是對於林翊晴而言，竟然已經遭受這麼多的苦難，經常的飢餓、家暴、性侵害未遂，最後還目睹自己的母親與外婆被殺害，平常還得偽裝自己很開心，怕同學發現怎麼回事，她真的很難想像林翊晴這段日子以來是怎麼過的。

夏青回到餐桌，正想要開始吃那盤義大利麵，就看到林翊晴的身體突然大動作的抽慉了一下，然後放聲大哭。她急忙過去安撫，「沒事了，一切都會變好的。」

夏青抱住她，才發現她的身體很冰冷，於是到衣櫥裡拿了一件毛毯讓她披上。林翊晴止住哭泣，沒有再說什麼，接著就走到陽台上，夏青跟著她過去，想要再跟她說說話。但是兩個人就這麼靜靜的站在陽台上，看著稀疏的星空。

陽台很乾淨，擺了一張椅子還有一些小盆栽，夏青有點擔心林翊晴回想到以前在家的時候，對她而言，應該是個可怕的地獄吧！那條狗鍊、殘破的薄棉被、椰子床、剩菜。夏青不敢主動提及以前的往事，天氣有點冷，她握住林翊晴的手，還好是溫暖的。
「姊，妳知道嗎？」林翊晴像是自言自語一般的說話，「我一直在想一個問題。」
「嗯，妳說。」
「我以前有學過，『光』是有速度的，一秒大概是三十萬公里。地球到太陽大約是一億五千萬公里，如果以光的速度前進，要八分鐘又二十秒。所以，我們看到的太陽光，其實都是八分鐘以前的光。也就是說，如果外星人把太陽炸掉，我們還可以享受八分鐘的陽光。」
林翊晴淡淡的說。
「喔？我倒是沒聽過這種說法，我以前物理很爛，所以才來唸社會組。」夏青有點尷尬。
「就像是天上的那些星光，它們可能早就已經毀滅了，只是因為星光傳到地球來，還需要一點時間，所以我們還可以看到這些星光。」林翊晴繼續說，沒理會夏青的尷尬。「那些星星如果距離我們五百萬光年，那麼就是要以光的速度跑五百萬年，說不定星星早就已經不見了。我們現在看到的，其實都是過去的累積。」
「我們現在看到的，其實都是過去的累積？」夏青重複了林翊晴最後的這句話。
林翊晴自嘲的笑了一下，「我只是個高中生而已，就當我是胡言亂語吧。我想去睡覺了，晚安！」
說完這段話，她自顧自的進了房間，關上了門，然後把燈光全部關閉。

夏青不知道林翊晴睡著了沒，但是她整夜都睡得不好，因為她一直在想，林翊晴的話究竟想表達什麼，她唯一能肯定的，是這個女孩有很多的祕密。

CHAPTER

10

我心中尚未崩壞的地方

關於黃澤遠被收押禁見這件事，白正廷在第一時間就已經知道。他不覺得有什麼值得喜悅的地方，因為這一切都在預料之中。連續殺害兩個人，而且還差點把女兒也殺害，這樣的人如果不能羈押，這個制度大概也就可以廢除了。不過，他不能理解的點在於，這麼罪證確鑿的犯罪，為什麼黃澤遠卻一直喊冤？

他翻著台北市警察局送來的警訊筆錄，潘志明問得相當仔細，當中的證人除了林翊晴外，還包括第一時間發現被害人的鄰居王建州，這些人都很明確的指證黃澤遠就是殺人凶手。不過，雖說這案件幾乎一定會有罪，為了慎重起見，確保以後的起訴品質，他還是得要把這些證人傳喚來地檢署作證。

不知道怎麼的，他覺得有點煩，大概是準岳父給他的壓力。這件案子因為是社會矚目的重大案件，檢察長除了特別指派給他外，還要求他要限期起訴，讓所有的光芒集中在他身上。月底就要票選主任了，每個檢察官都有八票可以投，他一定要拿到最高票，以便風光的首派主任檢察官。

他打電話給書記官，請他借提黃澤遠出來，並且發證人傳票給這些相關人等。他希望這些證人可以具結作證，並且跟黃澤遠對質，確保黃澤遠在羈押庭的認罪，不會在一審的時候翻盤。

他深深的嘆了一口氣，不知道為了什麼。

＊＊＊＊＊

幾個證人陸續在偵查庭的長廊外向法警報到。他們都是第一次來地檢署開庭，雖然坐在不同的椅子上，但神情看起來都很不安，彷彿自己就是嫌犯。謝欣跟陳傑倫一起到，謝欣還穿著制服，嚼著口香糖，想要用蠻不在乎的樣子，掩飾她的緊張。陳傑倫不斷的說著電話，安撫他的太太，但連他自己的聲音也有些顫抖。王建州則是有助理陪同，不斷的在確認新的通告。其實還有一個關鍵證人還沒到，那個人當然是林翊晴。但是檢察官想要把她放在最後跟黃澤遠對質，先讓這些人作證。

時間一到，法警就把他們全部請入偵查庭內。

黃澤遠戴著手銬，不安的坐在電腦螢幕前面，白正廷則是高高在上的與書記官坐在一起。白正廷讓王建州、謝欣與陳傑倫坐在黃澤遠的後面。至於林翊晴，還沒有出現在現場。白正廷面無表情的先宣讀了黃澤遠在訴訟上的權利，不外乎就是「可以保持沉默，無須違背自己意思而為陳述、可以選任辯護人、可以請求檢察官調查對被告有利的證據」等等。接著檢察官就讓謝欣與陳傑倫先簽署證人結文。

所謂的證人結文，每個法院與地檢署的內容都不太相同。高雄的版本比較平易近人，大概一般人都可以看懂，但是原始版本是這樣的：「茲到庭為〇〇年度偵字╳╳╳號某某案件到庭作證，謹當據實陳述，並絕無匿、飾、增、減，如有虛偽陳述，願受偽證罪之處罰，謹此具結。」許多人在唸這一段話的時候都結結巴巴，也不太能理解這段話在說什麼，所以許多中南部法院的結文乾脆就把上面的「文言文」改成「白話文」，例如老老實實作證之類的，至少比較容易知道這段話在說些什麼。

因為未滿十六歲的人不能作證，檢察官先跟謝欣確認，她的年紀確實已經十七歲，然後請他們同時朗讀證人結文，黃澤遠則是侷促的不知道該如何是好。白正廷簡單的告知他們作證的權利，也告訴他們，如果作證可能會導致自己有刑責，可以拒絕作證。檢察官先請謝欣坐到前面來，然後請黃澤遠單獨坐在旁邊的椅子上。

「妳跟被害人是什麼關係？」白正廷問。

「我是她高中最好的同學跟朋友。」謝欣說。

「被害人曾經有跟妳提過家裡的事情嗎？」白正廷問。

「有。我會跟她吃同一個便當，也會一起下課回家，她跟我說很多她們家的事情。」謝欣回答。

「妳知道被害人跟她媽媽還有外婆之間的關係嗎？」白正廷問。

「我知道。她媽跟外婆都會虐待她，我一直希望她離家出走來我家住，但是她一直不肯。我問她為什麼，她也不說。」謝欣回答。

「妳知道她們怎麼虐待她嗎？」白正廷問。

「像是不讓她睡床上、讓她睡在陽台。她吃得不好、穿得不好，大概什麼都不太好，但是卻要做一堆的家事，她們家的所有大小事，她放學以後就要趕回去做。她媽跟外婆都只會做表面，很噁心。」謝欣有些忿忿不平。

「那麼，被害人有跟妳提過，坐在妳旁邊的那個人嗎？」白正廷問。

她用眼角的餘光看了一下黃澤遠，然後肯定的回答：「有。她跟我說，那是她媽的新男友，對她們家還不錯，但就是色了點。」

「喔？」白正廷對最後這句評語似乎有點興趣。「什麼叫做『色了點』呢？」

「意思就是說，這個男人除了她媽以外，也想跟她上床。」謝欣不耐煩的說，「男人就是愛年輕小女生啊！」

黃澤遠在一旁聽到這段話，脹紅了臉忍不住反駁：「沒有這種事。妳不要胡說八道。」

檢察官瞪了他一眼，「還沒輪到你，你不要說話。」

在旁邊警戒的法警也示意要他不能說話，黃澤遠閉上了嘴，但是一臉不服。

「我也只是聽她說的，幹嘛說我亂講？」謝欣嘟噥著自言自語。

關於剛剛的衝突，筆錄上隻字未提，只有記下「被告想要跟被害人 123456789 上床」幾個字。

「被害人有跟妳說過，她想殺了他媽媽跟外婆嗎？」

「沒聽過。不知道為什麼，她還蠻逆來順受的，要是我早就翻臉了。我還聽過她跟我說，黃澤遠如果得不到她，早晚會殺她全家，而且黃澤遠這人很有問題，她擔心有一天他會對她下手。」謝欣回答。

黃澤遠本來還想要再度發難，但是檢察官往他的方向看了一眼，他連忙噤聲，什麼也不敢說。

「妳還有什麼意見要補充嗎？」白正廷問。

「沒有了。但是我覺得，那天的情況，她說的應該是真的，凶手就是黃澤遠。」謝欣說。

白正廷不耐煩的揮揮手，「凶手是誰，不是證人應該說的話，妳就誠實的講妳看到與聽到的就好，還有嗎？」

「沒有了。」謝欣說。

「所以妳從來都沒有見過黃澤遠？」白正廷不放心的再問了一次。

「根本不認識。」謝欣直接了當的回應。

檢察官要謝欣坐到後面，然後請陳傑倫到應訊台前坐定。

「陳老師，請問你跟被害人平常熟悉嗎？」

「算熟吧！我對每個學生都很關心，他們就像是我的家人一樣。」陳傑倫說。

「既然熟悉，請問你對於她們家的情況是否瞭解？」白正廷問。

「大致上瞭解，就像是謝欣剛剛說的，她們家的狀況很糟糕。」陳傑倫的眼眶是泛紅的，「我應該更關心她們家，或許悲劇就不會發生了。」

「你可以大致描述一下被害人家裡的狀況嗎？」白正廷問。

「大概就是謝欣說的這樣，我不會說的比她更好。總之就是這個家對林同學很不好，她真的是很可憐。」

「所以，你有聽過被害人跟你說，媽媽有個男朋友，而且經常去她家嗎？」白正廷問。

「有。我平常很關心這些孩子，不過，既然這孩子沒有說他真的對她做錯什麼事，我也不方便干涉什麼。」陳傑倫的口氣略顯無奈。

「我跟你確認一下」白正廷的口氣轉為嚴厲，「你的意思是，被害人有跟你說過，她曾經差點被黃澤遠性侵嗎？」

「是的。」陳傑倫非常肯定的說，「但是因為我剛到學校任職，還沒有時間通報。唉！我怎麼知道後來會發生這麼多遺憾的事情，要是我早知道的話，早就……」

白正廷立刻打斷他的話，「好了，這跟本案並無關係。除此之外，被害人還跟你說過什麼嗎？」

「她還有跟我說過，如果她不跟他發生關係，有天一定會被他殺掉。」陳傑倫冷靜的說。

黃澤遠霍地站起身來，「你亂講！」

檢察官還來不及反應，陳傑倫驚恐地揮著雙手，「我不知道，這都是我聽說的。你不要這樣對我！」

檢察官立刻對黃澤遠說，「我要你立刻坐下，這是第三次的警告，不然我會請你到樓下的拘留室冷靜一下。」

黃澤遠這次沒有坐下來，而是站著跟檢察官說，「他這麼說，我不能忍！」

書記官忍不住被這句電影台詞電到噗嗤一笑，馬上被檢察官白了一眼。

「你以後要忍的日子多著呢！」白正廷冷冷的說。

黃澤遠打了個冷顫，只能垂頭喪氣的坐下來。

「你還有意見要陳述嗎？」檢察官問了陳傑倫。

「沒有了。」陳傑倫簡短的說。

「你認識黃澤遠嗎？」白正廷問。

「不認識。」陳傑倫回答。

白正廷點點頭，示意陳傑倫坐到後面。至於最後一位證人，就是當天凌晨目睹慘案的王建州。

「你當天凌晨為何會看到事情的經過？」白正廷問。

「這件事情是這樣的，我在凌晨的時候睡不著覺，所以起來抽菸，突然聽見對面有公寓鐵門關閉的聲音，我還正想要罵人，想說哪個沒有公德心的人這麼誇張，就先聽到尖叫聲，然後看到一個渾身是血的女生跑出來，還一直唸唸有詞的說，不要殺我。我當時看到都嚇呆了，尤其在這麼冷的天氣，她竟然上半身赤裸，我看了也是於心不忍，所以立刻把自己的外套脫下來給她穿。我還趕快叫人報警，沒多久警察就來了。」王建州口沫橫飛的敘述當時的經過，配合他誇張的手勢，還有染得五顏六色的頭髮，讓白正廷不知道為什麼，感覺竟然是厭惡。

「不用說這麼多的形容詞。」白正廷面無表情的說。「你就把當時的情況講出來就好。」

「唉唷，這都是我內心裡的話。」王建州委屈的說。

「警方到了以後，你看到什麼？」白正廷追問。

「也沒有什麼，我正要回家的時候，還驚魂未定，但是就看到一個戴帽子的中年人，滿手是血，低頭從巷子口經過，我看到的時候嚇了一跳，但是當場我並沒有告訴警察。」王建州說。

「為什麼不告訴警察？」白正廷問。

「因為我又不知道發生什麼事情，這種還是不要亂說的好。」王建州說。

「不過你倒是已經到處上節目，應該賺了不少通告費了吧？」白正廷嘲諷的反問他。

沒想到王建州一點也不覺得有任何嘲諷的意味，「是賺了不少，不過這種錢都是辛苦錢啊！你知道趕場的時候有多累嗎？我……」

白正廷又無情的打斷他的話，「我對這些沒有興趣，請繼續描述你看到的情況。」

「這個人」，他看了一下旁邊的黃澤遠，「從巷子口經過，我還把臉遮起來，很怕他對我殺人滅口，我當天凌晨回到家以後，幾乎都睡不好，什麼也不敢說。」

「所以，請你指認旁邊的這個人，請問他就是你說的這個人嗎？」白正廷請王建州進一步確認。

「是的。」王建州肯定的說，「當然就是他。」

黃澤遠嘴唇微動，似乎想說些什麼，但是還是放棄了。

白正廷頗有深意的看了黃澤遠一眼，然後眼神回到王建州身上，「檢察官如果起訴黃澤遠以後，你願意到庭作證，指出這個人就是殺人凶手嗎？」

「我非常願意。」王建州義憤填膺的說，「這種人渣，早就該槍斃了。」

「你法律系？」白正廷再度的嘲弄他，不過這次他聽懂了。

「檢察官大人，我是好國民，當然會盡作證的義務。」王建州說。

「你是想著上通告的權利吧！」白正廷的心中不斷的吶喊這句話，但是他忍住沒說。反而是問了王建州：「你還有什麼要補充的內容嗎？」

「沒有了。」王建州說。其實他知道的，大概也只有這些了。

「請問你跟黃澤遠有任何的嫌隙嗎？」白正廷補問了這個問題。

「什麼是嫌隙？」王建州反問白正廷。

「就是你跟他有沒有仇啦！」白正廷有點不耐煩。

「當然沒有啊！我又不認識他。」王建州滿不在乎的說。

「那麼，請你們到地檢署服務中心領取證人旅費，在筆錄上簽完名以後就可以走了。」白正廷說。

黃澤遠舉手，「檢察官，我可以說話了嗎？」

「可以，你請說。」白正廷在簽署證人旅費的核發單，並沒有看他一眼。

黃澤遠站起身來，讓法警一陣緊張，「我想說的是，他們都說謊，我沒有想對林美秀的女兒怎樣，我把她當自己未來的女兒看待，我怎麼可能想對她如何？還有，當天凌晨，那個時間我根本沒有在現場逗留，我正準備要去朋友的農場幫忙，怎麼可能會經過那個地方，他一定是看錯了。」

這下子換王建州不服氣了，「你不要亂講，我哪有看錯？我怎麼可能看錯！」

白正廷瞪了王建州一眼，「你講話的時候，我有讓他插嘴嗎？」然後指揮書記官繼續打筆錄：「黃澤遠說，他否認這些人所說的，那些證人的證詞，全部都是假的。」然後似笑非笑的看著黃澤遠。

「你覺得法官相信證人，還是相信被告？」白正廷對黃澤遠說。

＊＊＊＊＊

三個證人都離開了偵查庭，白正廷也回到辦公室，訊問林翊晴的時間還沒到，他可以讓自己冷靜一下。

從這三個證人的證詞來看，他們的說法幾乎是一致的。透過他剛剛最後的問題，可知這三個人都宣稱跟黃澤遠並沒有嫌隙。可是，為什麼黃澤遠的反應如此強烈與特別？

「他對林翊晴沒有性侵害的意圖？」

「他沒有於事發時間停留在現場？」

「他沒有殺人？」

白正廷混亂的在白紙上不斷寫著這些問題，他決定把答案交給林翊晴，由林翊晴來回答這些問題。

分機剛好響起鈴聲，是書記官打的電話：「報告檢座，被害人已經到了。但是她有帶了一個輔佐人，說要一起進來旁聽。」

白正廷皺了眉頭：「她的外婆與母親過世，難道是她的父親出現了？」

「不是的，是一個律師。家事法庭的法官裁定，在案件結束前，暫時由她來擔任孩子的監護人。」書記官回答。

「律師啊！」白正廷無意識的轉筆，「好，我立刻下來。也請你通知法警，等我到溫馨談話室談完後，再請把黃澤遠從拘留室帶來見我。」

＊＊＊＊＊

社工帶著夏青與林翊晴坐在地檢署的溫馨談話室裡等候，這個地方是專門提供給受家暴、性侵害等受害人瞭解問題的地方。溫馨談話室裡，有許多的布娃娃、玩具等，有時候還會讓被害人指認被侵犯的身體部位。這裡都是沙發，沒有冷冰冰的座椅，大概是希望被害人在這裡的情緒可以稍微緩解。

夏青握著林翊晴的手，發現她的手是冰冷的。她輕輕的抱了一下她，「不要緊張，一切都會過去的。」林翊晴感激的點了點頭，沒有多說什麼。

十分鐘後，書記官與白正廷同時進入談話室，白正廷看了夏青一眼，「大律師，是妳啊！法官竟然會把她責付給妳，也是很特別的一件事。」

夏青諒解的笑了一下，「可能法官覺得她需要信任的人照顧吧！更何況，她不喜歡寄養家庭。」

白正廷無所謂的聳聳肩，「這無妨，只是隨便聊聊。我想要請這位同學當證人，她應該已經滿十六歲，可以作證，妳同意讓她作證嗎？」

夏青看了林翊晴一眼，林翊晴堅定的點點頭。

「那麼我先告知證人的義務，必須誠實回答問題，不然可能涉犯偽證罪，會有七年以下有期徒刑的刑責。另外，如果回答的問題涉及『自己犯罪』的部分，可以在說明原因後，拒絕作答。」白正廷饒有深意的看了林翊晴一眼，加強了「自己犯罪」四個字。

林翊晴面無表情的說：「我都可以誠實回答。」

白正廷不置可否，然後繼續問她：「妳跟黃澤遠有親屬關係嗎？」

「沒有。」林翊晴說，「他差點會成為我的繼父，還好沒有。」

白正廷請書記官遞給她證人結文，「請把妳的代號寫下來，然後蓋指印就可以了。」在家暴與性侵害案件中，基於保護被害人的原因，不需要簽下姓名，地檢署會有一組代號，在這件案件中，代號就成為受害人的名字。

林翊晴求助般的看了看夏青，似乎不知道自己該不該簽名，夏青對她點點頭，她才放心的蓋下指印與簽下那一系列的數字。

「請問妳何時認識黃澤遠？如何認識？」白正廷問。

「他是我媽的男朋友，去年以後，他就常來我家，對我媽很好。」

「他到過妳家幾次？」白正廷問。

「很多次了，我也不記得。」

「他跟你媽感情如何？」白正廷問。

「我不知道，應該不錯吧！他還有送過我媽戒指，看起來像是玩真的。」林翊晴的回答有點輕佻。

白正廷沉默了一下，「所以，妳認為他對妳的媽媽是認真的感情嗎？」

「我不知道，感情的事情，只有當事人知道真假，我不可能知道。」林翊晴的答案讓白正廷與夏青都有些意外。

「我們來談談妳家人跟妳的關係好了。」白正廷換了一個話題，「妳外婆跟你媽，對妳好不好？」

「沒有好不好的問題，她們就是這樣。」林翊晴的表情有點複雜。

「不要迴避我的問題，這樣是哪樣？」白正廷有點動怒，「這跟妳有沒有行凶動機有關，妳要不要考慮認真回答？」

夏青在這時候忍不住說話了，「檢座可以不要對我的當事人這麼兇嗎？她不會想回憶這些讓她傷心的事情的。」

白正廷看了夏青一眼，「輔佐人，我沒有問妳，妳不用回答。」

林翊晴看到夏青被這樣搶白，立刻對白正廷說，「那我也不想回答，可以嗎？請問檢察官，我現在是被告的身分嗎？」

白正廷苦笑了一下，「好，妳想說多少就說多少，可以嗎？」

「我外婆跟我媽是對我不好，但是我覺得那是因為我的出身不好。我爸是性侵害犯，我連他是誰都不知道。她們可能也只是討厭他，所以也討厭我而已。關於這點，我不怪她們。更何況，我不是也活過來了？」林翊晴乾脆就這麼回答。「這樣有滿足你了嗎？」

「沒有。」白正廷追問，「妳可以說出，她們怎麼虐待妳的嗎？」

「我不想說，妳可以問別人，謝欣就知道得很清楚。」林翊晴還是不願意說。

「好吧。」白正廷有些無奈，「那麼我想請問妳，當天晚上發生的事情。請問黃澤遠什麼時候到妳家的，到了以後發生什麼事情？」

「那天晚上，他大概十一點多到我家，那時候我已經準備要睡覺了。他跟我媽喝了點酒以後，一起進了她的房間。我睡在沙發上。大概十幾分鐘以後，他走出房門，想要跟我發生關係，我聽到以後覺得很噁心，所以拒絕他。這時候他就用強迫的方式要我接受，還把我衣服也脫掉。我當時只能大叫，然後我媽跟外婆就醒過來，跟他大吵一架，我媽還拿了菜刀要砍他，他看到刀子以後，把刀子搶過來，就像發瘋一樣，砍我媽跟外婆，我為了保護我媽，也被他砍了好幾刀。我有用檯燈把他的刀打掉，然後撿起來保護我自己。」林翊晴平靜的把這段話說出來，毫無間斷。

「等等，所以妳說，刀子上之所以有妳的指紋，是因為妳有把刀子撿起來？」白正廷再次跟她確認，因為這是非常重要的問題。

「對。」林翊晴說，「我當時很害怕，只想拿到刀子保護自己。」

「可是，撿起刀子以後，他沒有阻止妳逃跑？」白正廷追問。

「沒有。他又壓著我，不斷打我，我踢他的下體以後，才有機會逃跑。」林翊晴回答。

「妳們家有其他後門嗎？」白正廷問了一個關鍵性問題。

「沒有。但是陽台有一個活動窗，平常沒有上鎖，可以從那邊出去。」林翊晴回答。

白正廷翻閱了一下陽台的現場照片，當然，還有林翊晴髒亂不堪的「陽台閨房」，確認那裡確實有一道活動的窗戶。

「所以，妳親眼目睹黃澤遠殺了妳的外婆與媽媽？」白正廷做最後的確認。

「是的。」林翊晴肯定的回答。

「妳跟黃澤遠之間有任何的個人恩怨嗎？」白正廷問了最後一個問題。

「他對我很好，因為他想跟我上床，但是我不肯。我不知道這算不算個人恩怨。」林翊晴說。

白正廷點點頭，收起了卷宗，然後示意書記官停止錄音與紀錄。

「今天筆錄就做到這裡，妳可以回去休息了。」白正廷輕鬆的說，「對了，妳願意接受測謊嗎？」

林翊晴突然震動了一下，「為什麼？」

夏青立刻抗議，「檢座，她是證人，依法沒有接受測謊的必要與可能性。」

白正廷笑了一下，「我只是問問，本來就不會叫她去測謊。」

夏青有點生氣，「那就別問，這不是拿來開玩笑的。」

白正廷不置可否，只是微笑而已。

＊＊＊＊＊

在另一個偵查庭裡，黃澤遠已經等了很久，覺得相當不安。他不知道林翊晴又會說些什麼，但是檢察官堅持不需要對質，以免林翊晴的情緒再度恐慌。

好不容易，終於等到白正廷再度進來偵查庭，他急忙的問白正廷，「她應該說我是清白的吧？」

白正廷搖搖頭，「她的證詞對你不利。你可以看一下她剛剛說了什麼。」

書記官把筆錄拿給黃澤遠看，黃澤遠一邊看，一邊全身發著抖，不知道是因為恐懼或是生氣。

「檢察官，我是冤枉的。她根本就是說謊。」黃澤遠說，「我要求對質。」

「你覺得對質有用嗎？你們還不是各說各話？」白正廷說，「現在凶刀上有你的指紋、證人也都指證你確實曾經想要跟林翊晴發生性關係，而且當天晚上林翊晴也說是你殺害那對母女的。你還要否認嗎？」

「我否認。」黃澤遠堅決的說。

「那麼你在羈押庭的時候，見到法官為什麼會承認？」白正廷提出了尖銳的問題。

黃澤遠聽後愣住了，「當時法官要把我關起來，就算她說太陽從西邊升起，我也會承認是對的。」

「你是在說，法官用羈押的條件逼你認罪的意思嗎？」白正廷的口氣有點嚴厲，「你知道這個指控很嚴重嗎？有做就有做，不要再否認了。你之所以承認，應該是自知法網難逃，所以短暫的良心發現吧！」

「我願意測謊。」黃澤遠低頭說。

「好的，我給你最後一次的機會。如果你測謊通過，我就不起訴你。如果沒過，那麼就不要怪我。」白正廷說，似乎也是給自己一點起訴的信心。

白正廷簡單的交代了一下書記官，請他立刻聯絡調查局協助測謊，而且就安排在第二天。「我要準備起訴這個案件了，你自己保重吧！」

CHAPTER 11

說謊

厚厚的連署書，已經送到了家事庭法官的桌上。他翻了一下，除了學生以外，連林翊晴家附近的鄰居也都加入連署。

「這是一件有趣的事情啊！」法官喃喃自語的說。他相信這份連署書，不會只有到他這裡，恐怕媒體也都有了。所以他立刻交代書記官，把今天的報紙拿給他看。

「高中同學展示挺林姓少女決心，質疑學校吃案，要求立刻將林姓少女無罪釋放！」

「本報記者蔡雨倫專題報導：

喧騰一時的滅門殺人案，檢方正調查另一名疑兇，也就是黃澤遠。日前本報獨家取得林姓學生就讀的高中同學連署書，是由日前接受本報專訪的謝姓同學所帶頭發動。連署書的內容大致上就是談到學校試圖撇清與林姓少女之間的關係，並且要求法院立刻釋放林姓少女，不應該再把林姓少女當作被告。這份連署書意外的獲得了數千名居民的支持，甚至有民眾指出，就算兩名被害人是林姓少女殺的，她的母親與外婆也是死有餘辜。」

其他則是這名記者採訪了黃澤遠的家人、鄰居與同學的報導，以及連署書的圖片，整理得相當整齊，看起來也很有規模，事發到現在已經過了一陣子，竟然還有媒體願意報導，也是不容易。

院長剛才打電話過來關心這件事，希望法官可以在這個案件上儘速結案，交給檢方去處理。黃澤遠應該已經可以確定是嫌犯，這也可以滿足大眾的期望，這件事情到此落幕，不需要再節外生枝。

這位家事庭法官當然也贊同這樣的說法，所以沒有跟院長說什麼。事實上基於審判獨立，他本來也就不需要管院長說什麼。他只是很好奇，如果真的無罪，為什麼有這麼多人還要特地為她連署無罪？把一切都交給司法處理不就好了？不過他轉念一想，或許就是因為民眾不能信任司法，所以才會有這種動作。院長不就因為這樣，已經打電話來關切了？連他老婆今天早上都還在問，這女孩到底是不是真兇？

不過，女孩的眼神很讓他安心，以他審理這麼多的刑事案件經驗來看，被告的眼睛是不會說謊的，他只是想等到地檢署正式起訴黃澤遠以後，再來下一個不付審理的裁定，讓女孩好好的成年。

「不容易啊！這個孩子！」法官又嘆了一口氣。

＊＊＊＊＊

不容易的不只有這個孩子，還有黃澤遠。

白正廷已經把所有的卷證都整理好，就等黃澤遠的測謊報告回來，他就準備起訴。

而黃澤遠，正在調查局。調查局的人員從法警手中接過這個人，把手銬解開後，讓他稍做休息。

負責這次測謊的調查局人員招呼黃澤遠坐下，然後開始跟他閒聊起來。不過，說是閒聊，其實也已經開始進行程序。

「我是調查局的鑑識人員，負責你這次的測謊工作。你應該知道這次測謊的目的，就是為了要證明你的清白。不過，你還是可以不說話，也可以隨時拒絕測謊。你明白我的意思嗎？」調查員問他。

「我知道。」黃澤遠回答，「謝謝你給我這次機會，我一定會說實話的。」

「你覺得這個案件冤枉的地方在哪裡？」調查員問，「你希望這次的測謊，可以釐清什麼問題？」

「我沒有殺人。」黃澤遠說。「當天我已經離開她家，怎麼知道後來會發生這些事情？可是，我想請教長官，測謊真的準確嗎？」

「測謊，就是測試人員利用這台測謊儀器，把我們詢問問題的時候，你的生理反應記錄下來，作為判斷你是否說謊的依據。如果你也可以接受的話，我們等一下就會開始進行測謊。」調查員簡單扼要的說。「至於準不準，答案在你心裡。」

他拿了「測謊儀器（Polygragh）測試具結書」與測試題目給黃澤遠，讓黃澤遠在具結書上簽名，與此同時，他繼續詢問黃澤遠與測謊相關的生理狀況。

「你昨天睡得好嗎？有沒有心臟方面的疾病？」調查員看著黃澤遠。

「沒有一天睡好的。」黃澤遠苦笑，「關在三個人一間的重刑犯房舍，而且每天都還要擔心室友會對我怎樣，我怎麼可能會好睡？第一天進去，就有個大哥跟我說，我殺女人，以後死定了。」

「既然你同意測謊」，調查員並沒有多作回應，「我接下來會跟你討論題目。檢察官希望我鑑定以下的題目，包括你有沒有殺害陳阿滿、有沒有殺害林美秀、有沒有想要性侵害被害人這幾個問題，你自己還有什麼問題需要我補充鑑定的嗎？」

「呃，我也不知道，大概就這些吧。」黃澤遠其實也不知道該問些什麼。

「接著，我們要開始做模擬中性卡片數字刺激測驗，來檢測你的生理反應狀況，才能評估你的生理變化適不適合接受測試。」調查員開始將一些線路安裝在黃澤遠的身上，坦白說，如果不是黃澤遠自己的事情，他應該會覺得很有趣，但是他現在非常緊張，一點也笑不出來。

這只是主測試前的測試，主要是希望瞭解這個人在無關緊要、顯而易見的答案上會不會出現說謊的反應，如果一切正常，才會進行主測試。黃澤遠雖然緊張，但是對於這些問題大都答得很好，包括性別、年齡等等，都可以輕鬆回答。接下來就是主測試，檢察官準備了五個問題，包括「有沒有企圖性侵害林翊晴、有沒有跟陳阿滿發生爭吵、有沒有殺害陳阿滿、有沒有殺害林美秀、事情發生後是不是逃亡到南投」等，黃澤遠小心翼翼的回答，但都是回答沒有。

調查員最後將黃澤遠請到沙發上坐，跟他聊了一下，「過程會緊張嗎？」

「還好。跟電影演的有些不一樣。」黃澤遠說，「不過我真的沒有說謊。」

等了一下以後，調查員拿出了測謊題目表，還有測試出來的反應圖譜，請黃澤遠在上面簽名。

「我們會針對測謊反應圖譜進行綜合分析與研判，得出測謊結論以後，會製作測謊鑑定書，函覆給地檢署。」調查員說，「今天麻煩你了。」

黃澤遠很緊張的問，「那麼我會通過測謊嗎？」

「到時候你就知道了。」調查員露出詭異的笑容。

＊＊＊＊＊

不容易的人，其實還有白正廷。

因為檢察長，他未來的岳父，又找他去坐沙發。

「我說正廷啊！這個案件的進展如何？」檢察長拍拍他的肩膀。

「目前證人的證詞都已經做好，現在就等著黃澤遠的測謊鑑定報告回來，就可以起訴了。」白正廷很有信心的說。

「這個測謊是要做什麼用呢？」檢察長有點不開心，「這種東西，你真的相信嗎？」

「可是被告堅持他是無罪的，到目前都不認罪，他希望我可以調查對他有利的證據，所以我就同意移送測謊。」白正廷有點惶恐，不知道哪裡做錯。

「年輕人就是年輕人，你既然該做的都做了，就是應該要直接起訴，你留著這個證據做什麼？」檢察長推了一下眼鏡，「而且，測謊報告如果三個月後才來，這件案子都冷卻了，也過了票選主任的時候，你是在搞什麼？枉費我這麼栽培你。」

「報告檢察長，我已經請調查局把這件案子當作特急件處理，他們應該很快就可以給我報告。」白正廷只能這樣回答。

「好吧！反正我已經拜託一些老朋友幫你拉票，你可要認真一點。」檢察長語重心長的叮嚀，「還有，我只給你一週的時間，你一定要限期破案。到時候不管測謊報告有沒有出來，我都要你起訴他。」

「可是，如果測謊報告出來，對他有利，認為他沒有說謊，那我應該怎麼處理？」白正廷問。

「怎麼處理？」檢察長冷笑，「實務上最高法院曾經做出很多的判決，你隨便找一個來做佐證，就說沒有證據能力就好。反正是他要求的，又不是你主動要做的，參考參考就可以了。」檢察長說。

白正廷覺得有些不妥，但也不知道該怎麼回應。

「另外，我會請公訴組的同事協助你，到時候你就也一起擔任蒞庭檢察官，以你為主攻，一併幫忙公訴組的同事處理。」檢察長提出這樣的想法，讓白正廷有點訝異。

「這好像不是一般的處理方式吧！」白正廷說。

「我說可以就可以，畢竟這是社會矚目案件嘛！多一個人幫忙，你對案情又最瞭解，有什麼關係？」檢察長的口氣有點不悅。「認真一點，爭取首派行不行？」

「是。」白正廷只能勉強吐出這個字。

＊＊＊＊＊＊

最後一個不容易的人，竟然是潘志明，因為他收到了離婚協議書，還有他女兒的警詢通知書。

趁這件事情暫時告一段落，該處理的筆錄與證人都處理完畢，小隊長暫時放他幾天假，要他好好休息，因此他想要帶老婆與孩子到綠島度假。

當然，如果來得及的話。

那天晚上，他拿了旅行社的行程，正想要跟老婆炫耀，發現家裡的燈又是關的。他嘆了一口氣，想說大概家裡又沒人在了。

不過，令他意外的是，老婆就坐在客廳裡。她一個人坐在客廳的沙發上，桌上就擺著一份A4大小的紙張，還有一份疑似分局寄來的警詢通知書。

「老婆，女兒去哪裡了？」潘志明問。

「喔，你關心她去哪裡嗎？她好幾天沒看到你了。」她的口氣其實很悲傷，頓了一下以後接著說「我也是。」

潘志明就坐在她的對面，「不要這樣，我們好好談談。」

「談什麼？」她有些不耐煩，「都談過了，我今天是要來解決問題的。」

「解決什麼問題？」潘志明說，「我們之間沒有問題啊！」

「你不要再睜眼說瞎話！」她的不耐煩轉為憤怒，「你知道我們最近在做什麼、幾點回家嗎？」

「我最近在忙一件很嚴重的案子，她……」潘志明還沒說完，話就被打斷。

「嚴重？家裡的事情應該比較嚴重吧！你女兒被你的公司約談了，你知道嗎？」她說。

「啊！為什麼？」潘志明連忙把那封警局寄送來的約談通知書打開。

這封約談書是這樣的，上面的案由只有「詐欺等」，承辦的分局是松山分局，上面有約談日期，其他什麼訊息都沒有。

「我明天去問，放心，不會有事的。」潘志明趕緊安撫她。

「不，你很有事。」她並不領情，「我要跟你離婚。」

「為什麼？妳是不是有別的男人了？」潘志明雖然早知道這一天會來臨，但是他沒想到會這麼快。

「你們男人很奇怪，女人要走，就說她有男人是怎樣？」她冷笑，「你要不要看看你平常在家的時間有多少？女兒都已經變成罪犯了，你還在想你的工作，這種嗜好，我還是第一次見過。」

「我道歉。」潘志明誠懇的說，「你看，我都已經準備了行程，要帶妳們一起去綠島玩。」

「不用了。」她說，「請你把離婚協議書看一下，這幾天你安排一下時間，我會找兩個朋友，一起到戶政事務所登記離婚。」

「不要！」他把離婚協議書撕碎，「我不會同意的。」

他老婆又把門甩上，然後上鎖。「隨便你。」

那天晚上，他窩在沙發上睡覺，女兒沒有回家，他撥了許多通電話，但她就是關機。

＊＊＊＊＊＊

他第二天就立刻到松山分局找承辦的員警。

「請問這是哪一位學長所承辦的案件？」潘志明客氣的把約談通知書取出來，詢問櫃台警員。

「你是潘昭盈的家長嗎？請進來坐。」在值班警員聯絡一位偵查佐之後，他被請進辦公區。相似的擺設，只是身分從警員轉為被告的父親，潘志明的心情非常複雜。

「請問學長，我的女兒是怎麼回事？」他把通知書交給這位偵查佐。

「學長？你在哪裡任職？」偵查佐很好奇。潘志明把自己的身分告訴他以後，他笑著說，「原來我們是同事。」

「不過，雖說是同事，我也得跟你說，你女兒人在我們這裡，她昨天凌晨，因為另一件詐欺案，剛好被我們巡邏的學長逮捕。她是現行犯，等等要移送法辦。」

潘志明聽了差點昏倒，原來女兒已經「至少」涉及兩件詐欺案，通知書上一件、現在又一件。

「她為什麼會被逮捕？」潘志明問。

「因為她昨天騎摩托車被臨檢，同仁發現她背了別人的身分證字號，跟她確認身分，她一直不願意說，我們在她身上發現好幾張偽卡，所以只好把她帶回局裡偵訊。」他用手指遠遠的指著潘昭盈，她看起來很疲累，但是一手上著手銬，就銬在牆邊。

潘昭盈似乎看到父親，但她立刻低下頭，不知道心裡在想什麼。

潘志明走過去潘昭盈旁邊，拉了張椅子坐下來。「好像我只能用這種方式，妳才會停下來跟我說話？」

「警察先生，能不能幫我把這個人帶走，他很煩！」潘昭盈突然抬頭，高聲的對旁邊的警員說。

「他是妳爸，不是『這個人』啦！」偵查佐並沒有理她。

潘志明感激的看了這個學長一眼，「小妹，等等在檢察官那裡做完筆錄後，我們回家好不好？」

「不要。」潘昭盈簡短的回答。「我沒有家。」

「為什麼妳會這麼覺得？」潘志明再問了一次。

「我說過了，不想再說第二次。」潘昭盈冷冷的回應。

「妳去哪裡拿到這些假的信用卡？」潘志明問。

「你是在問犯人嗎？你又不是偵辦這個案件的人，關你什麼事？」潘昭盈反問。

「妳要是可以說出來誰給妳卡片，法官有可能會給妳自新的機會。不然，少年法院問完以後，妳可能會被移送到地檢署。」潘志明幾近哀求的拜託女兒，「拜託妳，不要這樣毀了自己。都算我的錯，好嗎？」

「我根本不在乎你。」潘昭盈說，「你可以走了，我自己的事情，自己解決。」

潘志明從椅子上霍地站了起來，然後跟承辦的偵查佐招手，「學長，我已經知道她的上游是誰了。」

偵查佐看了潘志明一眼，「學長，果然還是父女之間才有辦法，我剛剛怎麼勸她，她都不肯說。」

潘昭盈嚇得合不攏嘴，「喂！我什麼時候跟你講這個！你不要亂講！」

「學長，都是我指使的。」潘志明認真的說，「其實是因為我的薪水太低，所以跟犯罪集團合作，我女兒才不肯講上游是誰。」

「學長，不要開玩笑了！」偵查佐有點半信半疑，「你是要我辦你自首的意思嗎？」

「是啊！我可以拿出家裡製造偽卡的工具，還可以跟你說同謀另外有誰。」潘志明一副不在乎的樣子，然後他把警員證拿出來丟在桌上。「逮捕我！都是我幹的！」

辦公室裡突然一片寂靜，大家似乎都被潘志明這樣的舉動嚇到了。

「爸！你為什麼要這樣？這件事情跟你無關，是我故意要丟你的臉，才會做這些事情的。」潘昭盈大吼，「你根本不在乎我跟媽。」

潘志明無力的低下頭，一把抱住他的女兒，「我在乎。真的！小妹，我在乎。」眼淚從他的臉頰不斷的流，滴到潘昭盈的頭髮上。「妳把上游說出來好不好？我會把工作辭掉，我什麼都不要了，我只要妳們。」

「不是，你根本不懂！」潘昭盈憤怒的說，「我跟媽平常根本看不到你，我跟誰交往、我做什麼事？你知道嗎？你不知道！你什麼都不知道！」

「這是我的錯！好嗎？」潘志明的口氣極為柔軟，「因為我希望可以不要讓我以前的案子成為工作上的陰影，所以我才會這麼拚命。」

「可是，你知道因為你之前打死人的事情，我在學校被恥笑嗎？你知道我每天過什麼樣的生活嗎？」潘昭盈追問他。

「我不知道。」潘志明無奈的說，「但是我現在知道了，妳原諒我好不好？」

「沒有誰要原諒誰。」潘昭盈說，「我也知道做這些事情是錯的，可是我不知道要怎麼樣才能讓你注意，你的家快死了。」

那位偵查佐也被他們戲劇化的動作嚇到，緩緩的吐了一口氣，然後對著潘志明比中指：「學長，不要這樣啦！剛剛差點就要逮捕你。」

潘志明擦拭了眼淚，抱歉的一笑，「對不起。」

他決定陪潘昭盈把筆錄做完，然後跟她一起到法院，把所有的事情處理好。不只有女兒，還有他的婚姻。

不過，他的電話就在這時候又響起：「學長，黃澤遠被起訴了。」

潘志明不可置信，「你確定這麼快？」

「我也不知道為何這麼快，剛剛地檢署發言人才發布消息，因為黃澤遠無法通過測謊，加上證據確鑿，又有數名證人指認。黃澤遠也在羈押庭時當庭向法官認罪，所以決定以殺人罪起訴，並且具體求處死刑。」另一端的同事說。

「果然。」潘志明也不曉得他這時候為什麼心裡會出現這兩個字，但是他現在無暇思考這個問題，他得先照顧他女兒。這時候，他總算知道，就算天塌下來也不關他的事，真要塌下來，他唯一要做的也就是頂著天，讓這個家不要瓦解而已。

CHAPTER

12

想自由

台北地方法院檢察署襄閱檢察官暨發言人，正在針對白正廷檢察官以殺人罪起訴黃澤遠這件事向記者說明，不過即使是記者會，基於檢察官的工作特性，他也不可能向媒體公開太多內容，只是簡單就起訴黃澤遠的理由做說明而已。襄閱檢察官的職位相當於所謂的副檢察長，也是檢察長的得力助手，對於他在想什麼，自然心知肚明。

「本件承辦檢察官白正廷，在這幾天不眠不休的偵辦後，指揮台北市刑警大隊偵辦嫌犯黃澤遠涉嫌殺害陳阿滿等人，已經偵結。白正廷檢察官在綜合黃澤遠的認罪自白、測謊鑑定報告、目擊證人的證詞，以及現場凶刀指紋等證據，認為黃澤遠的犯罪嫌疑重大，是以在今天起訴黃澤遠殺人二罪、以及殺人未遂、強制性交未遂二罪。」發言人西裝筆挺的站在發言台上，向記者公開宣示新聞稿內容。

「請問發言人，黃澤遠認罪了嗎？」一位記者問。

「是的。黃澤遠在羈押庭的法官面前，已經認罪，但是因為所犯者為五年以上有期徒刑的重罪，又有逃亡之虞，仍然被羈押禁見。」發言人說。

「目前檢方掌握的證據有哪些？」另一位記者發問。

「目前掌握的證據除了黃澤遠承認自己的犯行外，凶刀上面有黃澤遠的指紋；還有目擊證人表示看到黃澤遠在現場逗留，雙手都是血；另外還有被害人的證詞，描述黃澤遠當場殺人的動機與過程。」發言人不厭其煩的向記者解釋，「當然，在這麼短時間內就能有這麼多證據，白正廷檢察官認真的態度與辦案的功力，也非常重要。」

蔡雨倫離發言人最遠，不過仍然豎起耳朵來聽他說的每一句話。她覺得在所有證據裡，最啟人疑竇的點應該就是，「為什麼黃澤遠都認罪了，還需要測謊？」她終於舉手問了這個問題。

發言人像是沒想到這個問題一樣，愣了一下，「這可能要問承辦檢察官。我不方便對這件事情評論，反正被告的測謊鑑定也沒過，不是嗎？這跟認罪並不矛盾啊！」

其他記者聽了也覺得沒什麼不對，就像是蔡雨倫提了一個傻問題一樣，對於發言人的答案，紛紛發出贊同的聲音。

蔡雨倫頹然的坐在椅子上，沒有再說些什麼。不過，她想聯絡林翊晴，希望可以知道這女孩現在怎麼想。根據法院裡朋友的消息，現在林翊晴跟一個律師夏青住在一起，由夏青擔任暫時保護人。她很容易就問到夏青的電話，於是決定離開這場無聊的記者會，直接跟夏青聊聊，希望可以知道她對於檢察官起訴黃澤遠，有什麼看法。

＊＊＊＊＊＊

夏青跟林翊晴在家裡，看著這場記者會的轉播。夏青一直在偷偷觀察林翊晴的表情，但是她似乎沒有太多的情緒波動，也沒有說話，就是聆聽發言人唸著新聞稿而已。

「姊，為什麼他沒有通過測謊？」林翊晴突然發問。

「原則上是因為他說謊。」夏青認真的回答，「不過，當然也有可能是因為某些特殊原因，例如緊張、情緒不穩或是其他個人的身體狀況導致。如果我是他，肯定不會接受測謊就是了，這是一種過了不一定活，沒過一定死的賭博遊戲。」

「所以他有可能說實話，還是被判定為說謊？」林翊晴追問。

「是有可能。」夏青簡短的回應，「所以，黃澤遠被起訴了。開心嗎？」

「沒有什麼開心不開心的，人都死了，殺了他其實也沒有意義。」林翊晴冷漠的回答。

「當然，如果他死了，應該也無所謂，他本來就是一個沒有存在感的人。」

夏青被她的答案嚇了一跳，事實上，在這幾天的相處中，她們雖然感情越來越好，就像是家人一樣的親密，但有時候她還是不能理解林翊晴的某些回應，有時候就像是冷酷無情的利刃一樣，讓她也感到害怕。

就像是前兩天，吃過了晚餐，她們一起在家裡看電視。當她看到一個虐待動物致死的大學生被檢察官起訴，而且求處重刑時，她皺起了眉頭。

「姊，為什麼檢察官要求處重刑？」她問了夏青。

「因為動物保護法規範，虐待動物致死，可以判處一年以下有期徒刑。」夏青簡單的解釋了法條。「不過，通常判處的刑責一般來說，都是可以易科罰金，不會真正抓去關。」

「那如果只有虐待動物，這樣會判刑嗎？」林翊晴追問。

「不會。如果只有虐待動物而已，被人家檢舉的時候，主管機關就會對這個虐待動物的人罰錢，這個叫做罰鍰。」夏青回答。「怎樣？妳對於保護動物有興趣嗎？以後要不要來當律師？」

「喔。」林翊晴沒有積極的回應，好像沒聽到夏青的答案一樣，然後自顧自的說，「姊，妳不覺得很好笑嗎？虐待動物，如果沒死，只罰點錢，一定要等動物死亡，才會判刑。所以，死亡才是嚴重的事情，虐待其實一點也不重要，對不對？」

夏青對於她這麼「先進」的想法，覺得應該要跟她進一步討論，「所以妳覺得虐待動物也應該定刑責嗎？我覺得這是很好的方向，只是說現在傷害罪的刑責也不高，這樣的話……」

林翊晴冷冷的打斷她的話，「我是說，虐待根本不會怎樣，只有死亡才是結果。」

夏青有些尷尬，「妳句點我了。」

林翊晴突然展露了笑容，「沒事啦！我只是在胡思亂想而已。姊，我很愛妳唷！希望這個案件結束後，妳可以一直當我的監護人跟好姊妹。」

夏青聽到這句話，突然抱住了林翊晴，然後輕聲的跟她說，「一切都會沒事的。」

＊＊＊＊＊＊

在起訴之後，案件總算移送到台北地方法院，由法官公開審理。這時候，被告、辯護人與告訴人、告訴代理人都可以來閱卷。所謂閱卷，就是把檢察官偵查時，所謂「偵查不公開」原則之下的證人筆錄、證物、搜索扣押物等等，通通開放給利害關係人影印。因為到了法院以後，檢、辯雙方都要針對檢察官起訴的證人與證物表示意見，然後公開對於這些證據進行辯論，以讓法官決定被告是否有罪。

儘管林翊晴對於這件事情已經不關心，只是希望夏青趕快去跟少年法院的法官確認，可否盡快的裁定不付審理，讓她早日回歸正常生活。但是夏青還是決定做了一件事情，也就是以林翊晴的輔佐人名義，向法院聲請閱卷。她想知道，事情的真相究竟是如何。

她撥了電話給她的助理，希望他們可以聯繫法院，安排閱卷的時間，她想要看完卷宗的相關證據資料，知道為何黃澤遠要犯下這麼可怕的罪行。

＊＊＊＊＊＊

幾天後，這些卷宗已經影印好，就放在她辦公室的桌上。她吩咐祕書，不可以讓任何電話打擾她，同時也不見任何客戶。她就在辦公室裡，逐字逐句的看著偵查程序的所有記錄。

從證人的筆錄上來看，整件事情的緣由很清楚，大概就是林翊晴所陳述的事實：「黃澤遠與林美秀是戀人，而林翊晴則是林美秀被性侵害後所生下來的女兒。林美秀的母親陳阿滿，也就是林翊晴的外婆，因為不喜歡林翊晴，所以跟林美秀一起長期傷害林翊晴。某天晚上，黃澤遠想要性侵害林翊晴，但是被林美秀發現，黃澤遠一時凶性大發，就把陳阿滿與林美秀殺死，至於林翊晴則是逃過一劫、倖免於難。」

典型的性侵害不成之後的殺人案？

夏青很想就直接這樣結案，不要再繼續想下去了。畢竟從筆錄上來看，黃澤遠雖然有時承認、有時否認，但這是許多重刑犯的作法，部分人會在法官面前，因為希望不要羈押而承認犯行；可是一旦在檢察官面前偵訊，就又改口宣稱否認，而且有多少證據才會說多少話，很讓檢方與辯方頭痛。

不過，她始終覺得這個案件讓她不能放心就這麼處理。如果真的要問為什麼，她大概也只能說直覺而已，說真的，所有的證詞都非常完美，被告沒能通過測謊，還有被告的指紋在凶刀上等等的物證。現在的社會氛圍，又已經被連署書炒熱，社會同情林翊晴的情緒幾近沸騰，許多人還打到事務所來，希望可以捐款給她，只是都被夏青婉拒了。網路上大概也都是同情那個小女孩的論調多，已經沒有人再懷疑是她殺害母親跟外婆了。

「人渣！竟然對小女孩下手！」

「不意外，他看起來就是很猥瑣。」

「女孩好漂亮，可以衝嗎？」

「應該就地正法，不要浪費國家糧食！子彈費叫他家人出。」

「叫他爸媽出來下跪啊！已經跪過了？這要跪十次！」

夏青有時候會把ＰＴＴ上面的一些評論給林翊晴看，她也就是淡淡的微笑，反正現在已經辦好休學，暫時不用去上課，索性就留在家裡，幾乎不出門。看這些網路上的貼文，或許就是她少數的娛樂而已。

這份直覺不只來自於指紋、被虐待的事實，還有，林翊晴的驗傷報告。

這天下午，她在看另一起案件的卷宗，來了一通電話，是不認識的號碼，不過平常她就會接一些陌生人的電話，所以並不以為意，順手就接起來：

「你好，我是夏青律師，請問有什麼問題我可以協助的？」

「夏律師您好，我是首都日報的記者蔡雨倫，我打來是想跟您討論您所承辦的林翊晴同學殺人案。」

「對不起，她是我的客戶，也是我的被監護人，所以我不能跟妳討論任何問題。」夏青的口氣轉為冷峻，「更何況，她沒有殺人，真正的凶手已經找到，都被檢察官起訴了。」

「您真的相信起訴的內容嗎？」蔡雨倫壓低聲音說，「我有一份資料跟一個人，想要跟您討論一下。」

「喔？」夏青的態度一樣冷淡，「沒有興趣。我認為這些都是無稽的爆料，所有的事實應該都已經在卷宗裡了，檢察官調查的非常清楚。」

「好吧！」蔡雨倫無奈的說，「我只是希望可以讓您知道這些訊息，因為這些事情對您的被告，也就是林翊晴非常不利。」

「我可以先知道是什麼嗎？」剛剛的話引起了夏青的興趣，「我再考慮要不要跟妳見面。但是即使見面，我也不能透露任何跟林翊晴相關的案情。」

「我可以理解。」蔡雨倫停頓了一下，「但是，我透過管道，拿到一份陳阿滿與林美秀的驗屍報告，還有林翊晴的病歷，這兩份報告非常奇怪，而且我已經請法醫師幫我看過，他也認為有問題。」

「嗯？」夏青的眉頭挑起，因為跟她心中的疑惑似乎有點雷同。「我可以聽聽看，但是我還是不會透露任何林翊晴的訊息給妳。」

「好的。」蔡雨倫說，「如果可以的話，明天下午，我與一位法醫師跟您約在您的事務所見面。」

夏青掛上電話，心裡有股不舒服的感覺湧上來，似乎是山雨欲來的前兆。

＊＊＊＊＊

「你們好，我是夏青律師。」夏青站起身來，歡迎這兩位不速之客。

「您好！我是蔡雨倫，是先前跟您聯絡的那位記者，這位是已經退休的許法醫師。」蔡雨倫說。

夏青知道這位法醫師，他經常在電視媒體的談話性節目上講解時事，是一個很受歡迎的法醫。

蔡雨倫拿出了一份林翊晴的病歷及驗傷報告，夏青一看就知道這是偵查卷中的資料，她不太高興的問蔡雨倫：「妳怎麼拿到這一份資料的？」

蔡雨倫微微一笑，「這沒什麼困難的，既然都已經起訴了，也沒有偵查不公開的問題，我們可以拿到這份資料，應該也還好。」

夏青悶哼了一聲，「那麼，妳想說什麼？」

蔡雨倫以眼神對許醫師示意，這位醫師清了一下喉嚨說：「咳！大律師，我的工作，就是要從皮膚和骨頭上的刀痕方向，辨別出每一刀切、刺、砍的方向，幫助警方還原攻擊現場，研判歹徒的人數、慣用手，以及雙方的搏鬥情形，來做為警方辦案的重要參考。我看了這份驗傷報告以後，發現刀痕有問題。」

夏青心裡打了個顫，心裡想著，該來的總是要來了。

「大律師，就我從事法醫工作三十年的經驗來看，從死者身上刀傷傷口的大小、方向跟深淺，就可以辨別受傷的方式與凶器的特性。舉例來說，如果是骨頭被砍碎，凶器有可能會是沉重的菜刀或是斧頭。如果是被大菜刀、柴刀、開山刀等等這一類比較鈍的刀具攻擊，這些攻擊所造成的傷口底部神經、血管也不是被一刀兩斷，而像是被撕裂卻仍隱隱相連。這妳應該可以理解吧？」

夏青點點頭，並沒有說話，只是心裡想著，他似乎快談到重點了。

法醫師看到她點頭，很高興的繼續講，「就這份驗傷報告來說，傷口並不是大菜刀可以造成的，而是水果刀，或是美工刀的痕跡。而且從刀子的方向看來，傷口整齊，傷口深淺很一致，看起來不像是砍，而是切或劃。」

「你認為方向有什麼問題？」夏青看似不經意的問。

法醫師靠近夏青，低聲的說，「我認為這是林翊晴自己傷害自己，而不是被誰傷害的。」夏青的心頭震了一下，即使她已經有心理準備，但被一位專業的法醫師證明懷疑，還是有些難過。

「那又怎樣？」夏青淡淡的說，「這也不能證明什麼。」

「所以，她所說的話，有多少是真？多少是假？而她，又為什麼要說謊？妳有想過嗎？」蔡雨倫接腔說。

「那很重要嗎？」夏青說，「雖然我不知道妳是用什麼方式取得的，但是如果妳已經看過整份卷宗，妳就會知道，除了她之外，其他的證人也都可以證明真正的凶手是誰。」

蔡雨倫立刻回應，「我並沒有說林翊晴就是殺人凶手，我只是希望妳去瞭解，為什麼她會說謊。而且我們手邊還有其他的證據，正在拜託其他人瞭解中，到時候我們會一併提供給檢察官參考。」

「好的，我知道了。」夏青沒再說什麼，「只希望你們不是要藉由這件事情刺激你們的報紙銷售量。」

「也請妳不要對我們的報社有成見」，蔡雨倫似乎有些動怒，「我們只是希望發現真實。」

「發現真實是法院的義務」，夏青反唇相譏，「你們是在製造事實。」

「好吧！」蔡雨倫聳聳肩，「以後妳就會知道了。至少，這個案件在我手上，我會認真追查的，報社也是。所以，請妳跟妳的『小妹』確認一下，她到底有沒有說謊。我再跟妳聯繫。」蔡雨倫特別在「小妹」兩個字加重語氣。

關上門，他們走了。夏青無力的癱軟在會議室，她知道，這件事情不會這樣就結束。

但是，她希不希望這件事情就這樣結束？無論如何，為了完全的信任，她必須跟林翊晴談一談。

＊＊＊＊＊

夏青並沒有立刻回去，因為她不想讓林翊晴覺得太過於刻意。所以，她在下班後，還刻意到其他地方逛了一下，在八點多左右回到家。

林翊晴一看到她，就飛奔過來一把抱住她，「我無聊一整天了，好想妳。」

夏青勉強的笑了一下，然後把她推開。林翊晴似乎察覺到有些異狀，也退開了一步。

「怎麼了？」林翊晴問她。

「今天被一個記者騷擾。」夏青簡短的回答，她希望這個答案可以喚起林翊晴的好奇心，她就可以順著問林翊晴那些問題了。

「不要理會就好了。」林翊晴毫不在意的說，「妳又不是沒遇過記者，幹嘛為了這種小事煩心。我今天從網路食譜上，新學會了一道三杯中卷，妳快點來試試看嘛！」

夏青被林翊晴拉到餐桌前，然後坐在椅子上。林翊晴很快的從廚房端出了幾道菜，包括她喜歡的燙花椰菜、麻婆豆腐等等，當然，還有那道三杯中卷。

「我覺得我們這樣很幸福，我不想上學了。」林翊晴說，「我可以當妳的妹妹，好好的照顧妳，我覺得妳以前好可憐，一點生活品質也沒有。就只會幫妳的當事人，一點也不會想到自己。」

「別把我想得太好，我只是覺得，反正沒做這些事，也不知道該做些什麼。」夏青開始幫忙盛飯。

「我覺得妳是害怕。」林翊晴說，「妳一定是在情感上受挫，才會投身在工作上。我以前有聽過一句話，『工作是失戀的人最好的避難所』，這一點在妳身上看得最清楚。」

「妳又知道了？我又不是因為失戀才這樣。」夏青沒好氣的說，「真的是因為這個工作很有趣，可以幫助很多人。」

「好吧！那我就不知道了。」林翊晴俏皮的說，然後站起身來，雙手繞在夏青的脖子，親了她一下。「但是我覺得妳很孤單。」

夏青突然覺得很溫暖，家人的感覺或許就是這樣吧。但是，下午的那場對話，讓她感覺很無力，她想要親耳聽到，這個孩子否認這件事。

「欸，我說妳啊！」夏青握住她的手，「當天晚上，到底黃澤遠有沒有拿刀傷害妳？」

林翊晴偏著頭想了一下，樣子看起來很可愛，但是夏青看了竟然覺得害怕。

「姊，妳覺得呢？」林翊晴反問她這句話。

夏青皺了眉頭，「有就有，沒有就沒有，為什麼要問我覺得如何？」

林翊晴笑著說，「當然有啊！我還覺得妳怎麼會問我這個問題？」

這個答案雖然是意料中的事，但還是讓夏青有些難過。「所以妳的意思是，他拿了菜刀砍妳，但是傷痕不深？我說妳啊！這些證據將來在法院裡，都會被挑戰，妳真的覺得這樣的說法是可以成立的嗎？」

「姊，妳是懷疑我說的話嗎？」林翊晴的臉色也有些不好看了，甚至把嘴嘶起來。

「唉！我沒有懷疑，只是希望妳可以說實話。」夏青說。

「妳說話真的很怪，沒有懷疑，又希望我說實話，意思就是確定我在說謊，對不對？」林翊晴不滿的說。

「也不是這麼說。我的意思是……」夏青正要接腔，就被林翊晴打斷。

「妳是我姊姊，不是應該保護我嗎？妳為什麼不相信我？」林翊晴說，「我好不容易開始信任妳了，妳怎麼可以這樣對我？」

「我知道過去的傷害對妳造成很大的影響，但是人是可以改變的。」夏青說，「如果這些傷害是妳自己造成的，妳要承認，而且告訴我為什麼。親愛的，我不只是妳姊姊，也是妳的律師，妳不能這樣對我！」

「我認為，所有現在的傷害，都是過去造成的。」林翊晴激烈的說，「妳根本不懂！妳只是一個一路順遂的律師，像妳這種人，說話都很輕鬆，什麼過去的事情不要再提、我們要原諒別人，妳有真正關心過我心裡怎麼想的嗎？」

「所以，妳為什麼要自己割傷自己？」夏青冷靜的問她，而且迴避了她的問題。「是不是因為妳擔心法官認為是妳殺害她們的？所以要製造自己是受害人的假象？妳可以告訴我，沒關係。」

林翊晴沒有說話，直接站起身來回到房間去，並重重的把門甩上。

夏青嘆了口氣，這是她唯一想到的可能答案，即使聽起來匪夷所思，但是她也只能暫時先這樣想了。她把林翊晴做給她的晚餐一口一口的慢慢吃完，但是根本不知道自己在吃些什麼。

她只覺得滿嘴的苦澀。

CHAPTER

13

天真有邪

台北地方法院位於台北市的博愛特區中，所謂的博愛特區，大概就類似英國倫敦的西敏寺，乃是重要中央政府機關集中的區域，包括總統府、行政院、司法院、監察院及立法院等都設於此處，台北地方法院受限於特區規劃，一直沒有辦法擴張，又與檢察署共用，所以整體的辦公處所非常狹窄，當重大案件發生要進行審理時，更難容納眾多旁聽的民眾。

尤其首都日報今天的頭條竟然就是：「疑點重重！專業法醫師質疑林姓學生自傷！真相在哪裡？」更增加了許多人對於這個案件的好奇，真兇究竟是誰？這份與輿論有明顯落差的報導，出乎意外的賣得非常好。

因此，黃澤遠殺害母女這件案子，雖然已經喧騰很久，然而在得知開庭後，民眾對於入場旁聽的興趣依然不減，還是有許多人徹夜排隊，只為了領到旁聽證。而支持廢除死刑的團體，與主張維持現狀的支持者，則是在法院外的道路上彼此叫陣。

「國家無權力殺人！」

「今天殺全家，明天殺你家！」

類似這樣的標語劍拔弩張，所有媒體則在法院外嚴陣以待。雖然受限於法院媒體採訪規定，所有攝影機都不得入內，但還是有記者拿手機攝影，希望能捕捉到黃澤遠從囚車步入法院的過程，還可以問問黃澤遠究竟是否認罪、有沒有後悔、希望能跟家屬說些什麼話之類的問題。

原本運送羈押中的被告或是囚犯，都會從台北地方法院地下停車場進出，避免媒體騷擾他們。但地下室的鐵捲門竟然故障，眼見開庭時間屆至，鐵捲門卻還沒修好，法警只好將他從正門押入。媒體被這樣的意外搞得人仰馬翻，攝影機來不及卡位，紛紛擠成一團，只見記者不斷的把麥克風往前送，黃澤遠則是驚恐的不斷閃躲。

冷不防從人群中飛出好幾顆雞蛋，砸中了黃澤遠與在旁戒護的法警。人群中傳出歡呼聲，還夾雜三字經，「幹恁娘！人渣！」法警則是怒斥人群，也想衝進人群中找人，但是根本不知道是誰，現場則是一片混亂。

相較於庭外的混亂，法庭內則是很有秩序，法官、檢察官與公設辯護人，都已經在庭內等候。事實上，黃澤遠即使在起訴後，也因為被法院裁定收押禁見，一直沒辦法主動找律師，只能透過法律扶助基金會幫忙。只不過，過程很不順利，已經換了兩位律師。第一位接任的律師，在接受委任後，每天都有不同的民眾打電話到事務所咒罵律師，說他見錢眼開、不明是非，在考量辦公室的正常營運下，只好婉拒委任。第二位律師，則是直接收到恐嚇信，威脅要殺害律師全家，讓他知道什麼叫做「妻離子散、家破人亡」，律師考慮再三後，也只能放棄為他辯護。公設辯護人的設置，就是為了當被告所犯者為重罪，而又找不到律師時，可以擔任被告的辯護人。畢竟，一個沒有律師可以為被告辯護的國家，不能稱得上法治社會。

一般而言，法院審理案件的法官，都是用抽籤輪分的方式處理。這位受命法官「很幸運」的抽到這個案件。所謂的受命法官，就是負責在準備程序中，調查證據的法官。辦理這樣的重大刑案，對於法官而言，是機運，但也可能是厄運。如果想快速出名，就會是前者。但如果想低調過日，就會是後者，因為連自己從法官學院結業的期別、過去的求學與工作歷程、家庭狀況等都會被媒體查出來公布。

這位法官比較特殊，倒是沒考慮到機運或厄運，因為他擔任法官的時間不長，稱之為候補法官。所謂候補法官，是指經過司法官訓練所考試及格，剛分發到法院的法官。這些人在五年內會再次考核，期滿後把他們的判決書送交審查，合格以後就會晉升為試署法官。在成為試署法官後，半年內要再將這個時間內所作的判決書再次送交審查合格，才會成為真正的實任法官。

以他剛分發不久的資歷來說，他是菜鳥，或是說，初生之犢。

黃澤遠被法警帶到法庭內，坐在公設辯護人旁邊，他滿頭的蛋殼與蛋黃，一身狼狽。還來不及解開手銬，就急忙的跟在庭的人說對不起他遲到了。法官則是請通譯拿了衛生紙給他，讓他可以簡單的先擦拭自己的身體。

「請問被告現在可以應訊嗎？」受命法官問，示意法警把他的手銬解開。

「可以了，這沒什麼。」黃澤遠回答，但頭髮還是油膩。

受命法官開始先對黃澤遠進行簡單的人別訊問，包括姓名、身分證字號、出生年月日等，然後請檢察官陳述起訴要旨，也就是起訴他的罪名與原因。

白正廷熟練的打開卷宗，簡單的陳述，「被告黃澤遠與被害人林美秀為男女朋友，其於民國一〇五年一月二十九日深夜十一點多，竟於林美秀家中，基於對未成年被害少女代號123456789性侵害之犯意，強行壓制少女，經少女呼救後，林美秀與母親陳阿滿前來關注，黃澤遠竟基於殺人之犯意，以殘忍之手法殺害陳阿滿與林美秀，並在追殺少女之時，因害怕被發現而中止犯行，並進而逃逸。黃澤遠之犯行，涉嫌刑法強制性交未遂、殺人及殺人未遂罪。被告黃澤遠於犯行後之態度不佳，認罪態度反覆，請鈞院依法處以死刑。」

「黃澤遠先生，檢察官起訴你的罪名是強制性交未遂、殺人及殺人未遂罪，你可以保持沉默，無須違背自己意思而為陳述，可以選任辯護人，因為你沒有請律師，本院有幫你指定公設辯護人，可以向法院請求調查對你有利的證據。這是你的權利，請問你瞭解嗎？」受命法官說。

「我聽不懂，但是我瞭解。」黃澤遠說。

受命法官皺了眉頭，「什麼叫做『我聽不懂，但是我瞭解』？你的意思是？」

「我的意思是，你們坐在上面的，也不知道是什麼官，反正每次講這個都很快，然後就要我們回答瞭不瞭解，我也不知道該怎麼回答，為了不要得罪你們，我只好說瞭解就好了。」黃澤遠的話聽起來有點無奈。

「好的，是我的錯。」受命法官竟然直接道歉：「我重新解釋一遍給你聽，簡單來說，這是你在法律上的權利，法官要解釋給你聽。意思就是，問你問題的時候，你有權利不要回答我，也可以請律師來幫忙你回答，也可以請求我們幫你調查對你有利的證據來證明你無罪。這樣你可以瞭解了嗎？」

「好。我瞭解了，但是我沒有律師願意幫我。」黃澤遠說。

「所以法院已經幫你指定了一位公設辯護人，他是你的辯護人，會幫你答辯。」受命法官法官說。

黃澤遠點點頭，看了旁邊穿綠色袍子的男人一眼，低聲說：「拜託你了，我是無辜的。」公設辯護人搖搖頭，閉上眼睛沒有說話。

「請問被告黃澤遠先生，對於檢察官所起訴你的罪名是不是認罪？」法官問。

「我不認罪，我沒有做這些事情。」黃澤遠立刻回應。

法官翻了一下偵查卷宗，「請提示羈押卷第三頁，對於你在檢察官聲請羈押的時候，曾經在法官面前認罪，你有什麼意見？」

通譯把羈押卷送到黃澤遠前面，黃澤遠看了一下上面的記載，確實有「我認罪，請法官不要押我」這幾個字，還有他的親筆簽名。

「這是被逼的，因為當時我以為只要認罪，就可以不被法官關起來，所以我才這樣講的。」黃澤遠突然生氣，「我被司法陷害了。」

受命法官笑了笑，「所以你並不否認當時你有認罪，只是因為法官威脅你要羈押，所以才會同意認罪？」

「是。」黃澤遠堅定的說。

「請公設辯護人為被告提出答辯要旨。」受命法官沒有再說些什麼。

一個看起來歷經滄桑的中年人起身回應，但是他的聲音幾乎微弱到聽不出來，「請法院審酌被告已經認罪，犯後態度良好，從輕量刑。」

「啊？」黃澤遠轉頭看了一下他，「我沒有要認罪。」

「認罪對你是最好的，這件案子，就辯護人的角度來看，我認為是有罪的。」公設辯護人低聲對著黃澤遠說。

「我不要認罪！」黃澤遠跟受命法官說，「我要換律師。」

受命法官看起來很為難，「可是這是幫你安排好的公設辯護人，如果你不接受，我們就必須要更換，需要一點時間安排。這次的庭期恐怕就不能繼續進行了。」

「不需要。」白正廷斬釘截鐵的說，「根據一〇〇年台上字第四四六號判決，準備程序只是處理訴訟資料的彙整，讓審理程序可以密集順暢而已，法院甚至有權利不開準備程序，直接進行審理程序。所以檢方認為，如果被告堅持不願意讓公設辯護人繼續為他辯護，還是可以依法繼續進行準備程序。」

聽著學長白正廷有理有據的說明，受命法官也只能點頭，再度跟被告確認，「你真的不要這個公設辯護人幫你辯護？」

「我不要。」黃澤遠說，「法官你就繼續進行程序沒關係，我是無罪的。」

受命法官嘆了一口氣，「好的，那麼請公設辯護人可以暫行退庭。」

公設辯護人把老舊的公事包拿起，收拾卷宗，兀自還喃喃自語的說，「這一定有罪，認罪是比較好的。」

後面旁聽席一陣騷動，一直到公設辯護人離開，才又回復平靜。

「那麼，被告你有什麼證據要聲請法院幫你調查？」受命法官問。

「我要傳所有在地檢署作證的證人出來，我要跟他們對質！」黃澤遠說。

「所有證人？」受命法官翻了卷宗，「你是指被害人、謝欣、王建州與陳傑倫嗎？」

「應該是吧！」黃澤遠有些遲疑，「我不知道還有誰說我有殺人。」

「待證事實為何？」受命法官順口問出，後來看到黃澤遠一臉疑惑，知道他應該聽不懂，所以又修改了一次說法，「你要求傳喚他們到這裡來作證，是想要證明什麼？」

「想要證明我無辜啊！」黃澤遠不加思索的回答。

受命法官欲言又止，因為從嚴格的刑事訴訟程序來說，辯護人或被告聲請傳喚證人，必須先說明傳喚證人的目的是什麼，想要證明什麼與案情相關的事情，經過法官同意，才會傳喚，但是看來他完全不知道應該如何說明傳喚的方法與原因。

「檢方也聲請傳喚被害人、謝欣、陳傑倫以及王建州四位證人。」白正廷突然出聲，「被害人 123456789 的待證事實，是黃澤遠確實對被害人意欲性侵害，並在被害人呼救後始罷手，被害人並且目睹黃澤遠殺害陳阿滿與林美秀。謝欣與陳傑倫的待證事實，是被害人曾經向其提及黃澤遠有性侵害被害人的想法。王建州的待證事實是，黃澤遠曾經於當夜出現在現場，而且雙手沾滿血跡，請鈞院依法調查。」

受命法官鬆了一口氣，「既然檢方有聲請詰問證人，而且聲請的證人又與被告想要聲請的對象相同，我們就讓檢方行主詰問，辯方行反詰問如何？檢察官與被告有沒有意見？」

「什麼是主什麼、反什麼？」黃澤遠似乎有很大的疑惑。

「意思就是，由檢察官先問證人，然後換你問。先問的人叫做主詰問，後問的人叫做反詰問，這樣瞭解嗎？」受命法官親切的向黃澤遠說明。

「誰先問都一樣，我沒有意見。」黃澤遠嘟噥的說。

事實上，刑事訴訟法上的主詰問與反詰問，當然不是這麼簡單，嚴格的程序與詰問技巧是一個稱職的刑事律師或是檢察官必須具備的知識，不過法官為了讓被告瞭解基本的詰問概念，只好暫時跟他這麼解釋。

「除了傳喚這些證人之外，檢察官或被告有沒有證據要聲請調查？」受命法官再度跟雙方確認。

「沒有。」檢察官快速的回應。

「我不知道，應該沒有吧！但我是清白的。」黃澤遠說。

受命法官看了一下被告，「既然你主張無罪，我下次會幫你再找一位律師或是公設辯護人，而且在那之前，我會幫你看卷宗，有沒有什麼還要調查的證據，你不用擔心。」

黃澤遠感激涕零的看著這個年紀都可以當他兒子的法官，「謝謝，你簡直是包青天。」

受命法官又好氣又好笑，「我可能會判你死刑，也可能判你無罪，還不知道。不要急著叫我包青天，我只是做我應該做的事情而已。」

黃澤遠點點頭，「我知道了。」

「好的。本件準備程序終結，下次審理程序時間另行通知，本件候核辦。被告黃澤遠還押看守所。」受命法官最後在法庭上宣示。

黃澤遠再度被戴上手銬，由法警押解出庭，而旁聽的記者紛紛跑出庭外，希望能以最快的消息做成即時新聞。

＊＊＊＊＊

自從那天的對話以後，林翊晴已經有一週沒有跟夏青說話。

林翊晴還是一樣默默的煮飯，每天都會有新菜，但是她們之間沒有任何的對話。林翊晴在吃完飯以後，就靜靜的去洗碗，然後進去自己的房間。夏青好幾次想要跟她說話，不論是什麼話題，她都笑笑的不回答。即使在準備程序當天，網路上早有消息，檢察官決定傳喚林翊晴到庭作證，夏青問了林翊晴，會不會緊張，林翊晴還是沒有說任何話。

「這孩子真倔強。」夏青有時候會這樣想。

那天晚上回家，她看到桌上就擺著一張證人傳票，上面的名字就是林翊晴。然後，她發現林翊晴並沒有在客廳裡，只有做好的飯菜跟傳票一起在桌上。林翊晴似乎知道她回家，從陽台探頭，跟她招手，「姊，我有話要跟妳說。」

夏青有點驚喜，因為她已經有一陣子不回應任何話了，難得今天會主動找她。

「什麼事？妳總算要跟我說話了。」夏青有點責備她，「妳脾氣很大喔！」

林翊晴有些心不在焉，似乎沒有把她剛剛說的話聽進去。「我之前很無聊，所以買了盆栽回家種，跟妳之前買的盆栽放在一起。」

「喔？我不知道。那些之前買的盆栽早就死了。」夏青說，「妳放在陽台？」

「對啊！」林翊晴說，「我每天小心的照顧它，希望它可以長大，結果它跟其他盆栽一樣，還是死掉了。」

夏青點點頭，然後抱了她一下，「我們再買就好，盆栽本來就不容易養。」

林翊晴輕輕的掙脫她，「我不是在乎那個盆栽，而是我看到旁邊竟然有雜草，然後長在陽台的磁磚上，妳有看到嗎？」

夏青順著她的眼光，看到牆角果然有一點雜草，她也覺得很訝異，以前她從來沒有關切過家裡的陽台會有這種東西。

「我覺得，不管環境如何，人就是要為自己而努力。不管生存的環境有多惡劣，重要的是不能被敵人擊敗，就會長得很好。靠別人的豢養是沒有用的，最後就會死掉，就像是這個盆栽。」

「妳幹嘛這麼有感而發？上次是星光，今天是盆栽？」夏青笑著說，想起了那張傳票，「妳是因為要去作證，所以特別有感觸嗎？」

「不是，是我覺得，我們兩個人會成為姊妹，是因為老天爺要我教妳一些事情。」林翊晴突然俏皮的說，「我覺得妳這個人生勝利組，根本就不知道魯蛇的悲哀。」

「什麼鬼啊！」夏青也笑了。「進來一起吃飯吧！外面有點冷。」

「姊，妳可不可以答應我一件事？」林翊晴就看著夏青，眼神純真無瑕，就像是銀白色的星光。

「妳說。」夏青也認真起來，「我能做到的事情，一定答應妳。」

「妳曾經說過，人是可以選擇的。我希望妳可以選擇一直支持我。」林翊晴說，她的眼神非常認真，渴望從夏青身上得到肯定的答案。

夏青被她的眼神感動了，「好。我不會背叛妳，我們是一輩子的姊妹。」

林翊晴心滿意足的勾著她的手，「那我們一起吃飯吧！」

CHAPTER

14

神祕嘉賓

三週後，就是審理程序。法院決定傳喚林翊晴、謝欣、王建州與陳傑倫，一共四位證人。這次的法官陣仗有些不同，準備程序時，只有一個法官出現，但是在審理程序時，一共會有三位，左邊稱之為受命法官，也就是負責準備程序的受命法官，中間的法官是審判長，由他來指揮訴訟的進行，右邊稱之為陪席法官，原則上只會聽審，不會參與實際審判程序，除非受命法官與審判長對於本案的判決結果有重大歧異，才會參與投票，作為關鍵性的一席，否則在審判中是不會有聲音的。

因為上次的教訓，黃澤遠早早就被押解到法院的拘留室等候提審。經過聯繫以後，受命法官幫他安排了一個法律扶助基金會的義務辯護律師張書豪，就坐在黃澤遠的旁邊。這位律師長年都從事死刑犯的辯護，對於種種的攻擊早就習以為常，所以在決定接案以後，就到看守所跟他面談好幾次，他們的訴訟策略當然就是做無罪答辯，而且似乎早已準備好。白正廷好整以暇的坐在公訴人的席次上，等待開庭。至於其他證人，也都安排在法庭內就坐，他們都曾經見過面，雖不能稱得上熟悉，但卻也不陌生。只有林翊晴，在夏青的陪伴下，坐在角落裡，誰也不搭理。

在重複先前的人別訊問程序後，審判長開始今天的審判程序。相較於旁邊的年輕法官，他看起來很老成，不過開庭前他的幽默感，稍稍沖淡了緊張的氣氛。

「你們都以為法官不懂吹喇叭的笑話，但是你們放心，今天沒有喇叭，也不會要被告把喇叭帶來給我們看。」

所謂的吹喇叭笑話，其實是諷刺法官不食人間煙火。據說曾經有被告犯通姦罪，這位女被告被指控為男性被告口交，民間俗稱「口交」是「吹喇叭」，而當庭審理的法官，竟然問被告，今天有沒有把喇叭帶來。從此以後，凡是嘲諷法官不通曉人情世故，就會用「吹喇叭」這樣的笑話。

黃澤遠覺得很難笑，因為他就是那個被告，後面的旁聽記者有人配合著乾笑了幾聲。

「今天我們要訊問證人，請問檢察官與辯護人對於訊問證人的順序有沒有意見？是不是要隔離訊問？」

訊問證人的順序很重要，當要釐清事實時，把重要的證人放在後面詢問是比較理想的，也可以避免串供。而隔離訊問，也可以讓證人之間彼此的證詞干擾降到最低。一般而言，基於追求真相的要求，檢辯雙方都會要求隔離訊問。

「我們希望隔離訊問，至於順序的部分，我們希望把謝欣與陳傑倫排在前面，王建州排在第三位，被害人是最後一位。」白正廷說。

張書豪沒什麼意見，直接向審判長表示同意。受命法官看了審判長一眼，似乎有話要說，審判長示意他先不要說話，這個畫面讓白正廷覺得有些詭異。

「好的，那我們就請謝欣坐上證人席。」審判長說，「不過等所有證人作證結束後，還會有一名鑑定人會出庭作證。這是本院依職權傳喚的鑑定人，請檢辯雙方表示意見。」

白正廷的預感果然沒錯，他站起身來抗議：「這是突襲，為何沒有事先跟檢方溝通？」

張書豪對於審判長突然傳喚一位鑑定人，也感到一頭霧水，他向審判長表示，「辯護人想知道審判長傳喚的鑑定人身分與目的。」

審判長抱歉的笑了一下，「那是因為上星期受命法官才收到資料，來不及通知檢辯雙方表示意見。不過，基於法院是發現真相的場所，你們應該都不介意法院傳喚法醫師前來作證吧？」

白正廷悶哼了一聲，在法庭裡，審判長最大，他想怎麼做，其實檢察官能著力的點不多。而就被告而言，多傳喚一位鑑定人，對他應該是有利的，因此張書豪立刻表示同意。

只有林翊晴不安的移動了一下身體，握住夏青的手也瞬間冰涼。

審判長請所有證人在宣讀完證人誓詞後，只留下謝欣，其他人先行到庭外等候，諭知由檢察官先行詰問第一位證人。

林翊晴要離開法庭前，兩個人的眼神交會了幾秒，謝欣輕微的點點頭，嘴角帶了一抹詭異的笑意。

「請問證人謝欣，妳跟被害人是什麼關係？妳們認識多久？」白正廷問。
「她是我同學，我們認識一學期了。」謝欣回答。
「請審判長提示偵（二）卷一〇三頁至一〇五頁。」白正廷說，「請妳確認一下，這是妳在地檢署偵查時的證詞，請問這些都是實話嗎？」

這是檢察官在交互詰問時常用的技巧，如果證人在偵查中說過的話，對於控方有利，檢察官往往不會再問一次，而是直接確認這些供述證據具有證據能力就好，以避免證人在地檢署與法院陳述的內容不一樣。

「是，是實話。」謝欣也簡單扼要的回答。
「報告審判長，沒有問題了。」白正廷回應。

「請辯護人進行反詰問。」審判長示意張書豪律師開始詢問問題。
「請問證人謝欣，妳有去過被害人的家嗎？」張書豪問。
「沒有。」謝欣回答。
「妳有在學校發動過連署，支持被害人是無罪的嗎？」張書豪問。
「有。我認為她是無辜的。」謝欣回答。

「妳為什麼認為被害人是無辜的？」張書豪進一步追問。

「異議！」白正廷立刻反應，「異議理由是，辯護人不應該詢問證人意見，而是要問證人親見親聞的事實。」

「異議成立。」審判長裁定得很快，「請辯護人修正問題。在修正之前，證人不需要回答剛剛的問題。」

這本來就在張書豪的意料之中，所以他立刻又提出了新問題，「有哪些妳親眼或親耳知道的證據，可以讓妳發動連署支持她？」

檢察官本來又要異議，不過他也想知道答案，所以沒有動作。

「直覺！」謝欣說，「沒有為什麼。」

「她是在什麼時間、什麼情況之下，跟妳說『黃澤遠如果得不到她，早晚會殺她全家，而且黃澤遠這人很有問題，她擔心有一天他會對她下手』這些話？」張書豪問。

「我忘記了，但就是有。」謝欣看著張書豪，「你記得前天早上你吃什麼嗎？」

後面的旁聽席傳出一陣笑聲，似乎覺得張書豪的問題很愚蠢。

張書豪訕訕然的不再追問，「審判長，沒有問題了。」

審判長突然提出了一個問題：「謝同學，妳記得被害人是左撇子還是右撇子嗎？」

謝欣毫不猶豫的說，「右撇子，我跟她一起吃飯過，我非常確定！」

審判長點點頭，請謝欣坐到後面，詢問兩邊對於證人證詞的意見。

檢察官與律師都說，「辯論時再表示意見。」

但黃澤遠就不一樣了，「她說謊！」他悶了很久的情緒一次爆發，「我從來沒有對她有任何非分之想！她就像是我女兒一樣！」

書記官把他的證詞記錄下來，審判長則是沒有多做表示，只是揮揮手，請法警打開門，讓陳傑倫到證人席次上就坐。

「請問證人陳傑倫，你在偵查庭當中講的話是不是實話？」白正廷又使用剛剛的方法確認他的證詞真實性。

「報告檢察官，我講的都是實話。」陳傑倫恭敬的說。

「沒有問題了。」白正廷帥氣的結束詰問。

審判長點點頭，又把詰問權交給律師。

「你到學校任職多久？」張書豪問。

「剛到任，但是我先前在別的學校已經教書十年了。」陳傑倫說。

「所以你在九月剛接這個班級的導師，幾個月後就發生這樣的事情？」張書豪問。

「是、是的。」陳傑倫有點慌張。

「除了平常在課堂上接觸外，你跟被害人有沒有私底下見面或聯繫過？」張書豪追問。

「我要提醒你，證人說謊會有偽證罪的問題。」

「呃。」陳傑倫有些遲疑，「沒，沒有。」

「那麼被害人在什麼時候、什麼場合跟你講過，黃澤遠曾經想要對她性侵害？」張書豪不客氣的追問。

「我、我忘記了。」陳傑倫更緊張了，回應已經開始結巴。

「你有去過被害人的家嗎？見過她母親、外婆？」張書豪再問。

「沒有。」陳傑倫有些心虛。

「所以你跟她沒有在課堂以外的地方私下談話過，也沒有去過她家，但是卻知道這麼私密的事情，你覺得合理嗎？」張書豪嚴厲的語氣，讓他幾乎喘不過氣來。

「異議！」白正廷立刻抗議，「這是在威脅證人。」

「他的證詞明顯有問題，針對這個問題回答，是他的義務。」張書豪反唇相譏。

審判長跟受命法官交頭接耳後說：「異議駁回。證人，你必須回答這個問題。」

「我、我不知道。」陳傑倫整個人都慌了，「其實我沒聽過她這麼說，我只是希望讓大家知道，我很關心這個孩子而已。」

現場一片譁然，逼得審判長提高音量，「安靜！現場的旁聽民眾請安靜！」

現場的紛亂氣氛，就像是被攪亂的空氣一樣，持續了將近一分鐘，才逐漸平靜下來。

白正廷的臉色鐵青，審判長則是很嚴肅的看著陳傑倫說：「你可能涉嫌偽證罪，本院將會依法告發，請你先到後面坐。」

黃澤遠大聲的說，「我本來就是冤枉的。」

審判長沒搭理他，直接請法警讓王建州坐到證人席次上。

王建州看到現場許多人的表情嚴肅，氣氛又凝重，心想剛剛一定有什麼大事發生。他趕緊把原本戴在頭上的牛仔帽拿下，對著現場的法官鞠躬。

「不用客氣，請檢察官直接開始主詰問。」審判長說。

「請問證人，你身為被害人家的鄰居有多久了？」白正廷問，這次不再引用王建州在警察局與地檢署的筆錄，而是直接詢問問題，以避免再度出錯。

「我記不得了，但應該超過一年以上。」王建州小心翼翼的回答。

「你平常見過被害人、陳阿滿或林美秀嗎？」白正廷問。

「很少，看到她們的時候，也只是禮貌的打招呼而已。」王建州回應。

「那天凌晨，你看到被害人出現在你家對面，請你描述一下當時的情況。」白正廷直接以開放性的問題詢問他。

「那天凌晨我睡不著，在外面抽菸，正當我把菸捻熄，準備要進家門的時候，聽見很大聲的關鐵門聲音，接著我聽到尖叫聲，看到一個瘦小的女生，渾身是血，上半身沒有穿衣服，一直說『不要殺我』，然後蹲在摩托車旁邊，我趕快把自己的外套脫掉，把外套直接披在她的肩膀上。我看到她的身體到處都有細微的刀痕，身體上的傷痕也都在滲血。她說完『救我』以後，就昏了過去。我頓時慌了手腳，趕快跟圍觀的路人叫他們報警。」

「請問，你後來有看到現場這位被告，也就是黃澤遠先生嗎？」檢察官問。

王建州側過頭看了一下黃澤遠，只見黃澤遠極為憤怒的瞪著他。他連忙說，「有，我確定是他。」

審判長察覺到黃澤遠的眼神充滿憤恨，連忙制止他，「請被告控制一下自己的情緒，不要威脅證人。」

黃澤遠悶哼了一聲，索性閉上眼睛。

白正廷為了預防被翻供，又進一步追問，「請描述一下你看到他的時候，他當時的穿著與打扮？」

「他有戴一頂帽子，然後神情慌張，好像趕著逃跑。」王建州說。

「為什麼你對他會特別印象深刻？」白正廷追問。

「因為我有注意到他的身上與雙手都沾滿了血，所以讓我印象特別深刻。」王建州堅定的說。

白正廷滿意的點點頭，「沒有問題了。」

審判長又示意辯護人進行反詰問。

「請問證人，你當時距離黃澤遠有多遠？」張書豪問。

「大概」，王建州想了一下，「應該至少有審判長到最後一個旁聽席的位置，不會很遠。」

「也就是二十公尺左右嗎？」張書豪大概目測了一下。

「可能吧！」王建州無所謂的回應。

「當天下雨沒錯吧？你們那裡有路燈嗎？」張書豪問。

「對啊，當天天氣又冷又濕，而且路燈好像壞了。」王建州說。

張書豪突然站起身來，把律師袍脫掉，接著拿出一瓶紅墨水，往他自己身上潑，站到最後一個旁聽席的位置上。

這個舉動發生得又突然又快，在庭上的所有人，都被他的舉動嚇呆了，他接著說，「請審判長把燈關上，讓他站到您的位置旁邊。」

審判長莞爾一笑，竟然沒有拒絕。「好的，請證人過來我這裡。」同時示意法警把燈關上，現場頓時變得黑暗，只有一些走廊上透進來的微光。

「證人現在有看見我身上有任何紅色的墨水嗎？」張書豪嘲弄般的提問。

王建州沉默了很久，勉強的擠出一句話，「沒有。不過那天或許真的看得見。」

這個答案聽起來很牽強，但是張書豪沒有繼續追問。

審判長請法警把燈打開，張書豪稍微擦拭了一下自己的身體，然後再度套上律師袍，袍子立刻沾上了紅墨水，不過他完全不在意。他走下審理席，又拿出另一項道具。

「請問你，當時黃澤遠戴的是這頂帽子嗎？」，那頂帽子看來很舊，是一般的圓盤帽，而且還沾了點血跡。

「對。」王建州看了血跡一眼，恢復了信心，「這是當天他帶的帽子，我有印象。」

白正廷立刻異議，「審判長，我認為辯護人的問題不當，因為……」

不過審判長微笑著，打斷了白正廷的異議，「我知道你異議的理由，可是這問題很有趣，我想繼續聽。」

「我再跟你確認一次，這是你當天凌晨看到的圓盤帽嗎？」張書豪再度確認。

「是的。」王建州肯定的說，「我記得很清楚，因為形狀就大概是這樣子的。」

「請鈞院提示扣案證物，也就是當天凌晨黃澤遠在山上墜車時，他身上的衣物與帽子。」

張書豪微笑著，然後轉頭對王建州說，「恭喜你，他當時戴的帽子已經被扣案，而且是棒球帽。而根據血跡檢驗報告，帽子所沾的血跡血型是O型，也就是黃澤遠的血型，與被害人、陳阿滿與林美秀三個人的血型都不一樣。意思就是，你、說、謊！報告審判長，反詰問完畢。」他帥氣的直接回到位置上。

眾人又是一陣譁然，檢察官與王建州的臉色都很難看，而審判長又再度與受命法官交頭接耳，他收起笑臉，很嚴肅的看著王建州，「你究竟在當下有沒有看到黃澤遠在案發現場？」

「當然有！」王建州抗議，「我說謊有什麼好處？」

「賺通告費啊！」旁聽席中傳來這句話，引起了哄堂大笑。

「本院再跟你確認最後一次，我們會調當時的監視攝影記錄確認，如果與你的證詞嚴重不符，本院一樣會告發你偽證罪。你現在承認，以後審判會考慮你自白，還有減刑的機會。」審判長正視他說。

「好，我承認我沒看到他，可以了嗎？」王建州突然趴在桌上大哭，「我不知道事情怎麼會變成這樣！我從來沒想紅的！我只是想開個玩笑而已！」

審判長自嘲的說，「今天的審理程序，其實是偽證大會嗎？不知還會有什麼有趣的事情出現呢？」

原本一件手到擒來的案件，現在已經變成撲朔迷離。白正廷在偵查起訴時，所建立的論證與證人，竟然一個又一個的覆滅，甚至有兩個證人已經被移送偽證罪法辦。法庭內的冷氣很強，白正廷卻直冒冷汗，這完全不是原先預測的結果。不過，還有林翊晴，她是最直接的證人，至少她可以證明黃澤遠當場行兇。

「請審判長傳喚本件的被害人，也就是證人123456789。」白正廷鎮定的說。

受命法官突然跟審判長低聲交談，審判長點點頭，沒有針對白正廷的訴求回答。但是仍然示意法警，把林翊晴帶進來法庭內，與夏青一起坐在旁聽席。

「為了避免再有偽證罪發生，在傳喚被害人擔任證人之前，我想先傳喚鑑定人先到庭作證說明。」審判長慢條斯理的說，「兩造是否同意先行傳喚鑑定人？」

白正廷與張書豪都點頭，因為對於這件案子的發展，雖然已經出乎兩邊意料之外，但似乎都在法院的掌握之內。

旁聽席上，一個滿頭白髮的老先生站起身來，手中拿著一疊資料，審判長要他坐到證人的席次上。

「請問鑑定人的身分與學經歷？」審判長問。

「我叫做吳伯仁，現職是法醫研究所的副所長，東京大學法醫研究所碩士畢業，在法醫研究所任職三十四年。」白髮老先生回話。

「請問你，是否看過陳阿滿與林美秀兩個人的病理解剖報告，以及被害人的病歷？」審判長問。

「我看過。」他簡短的說。

「那麼，請你敘述你所看到的鑑定意見。」審判長直接要求他陳述想法。

「先講解剖報告好了，兩名死者的頭部，都有嚴重的刀傷。另外，陳阿滿的臉部也有刀傷，傷口成不規則狀，大部分的刀傷，多半集中在身體上。兩人的手臂與手肘上有多處防衛傷口，顯示死者和歹徒曾發生激烈打鬥。從報告中還可以發現，陳阿滿的右手掌幾乎被砍斷，但是致命傷都是喉嚨的部分。」

他喝了口水以後繼續說，「現場相當凌亂，血跡從廚房一直延伸到客廳，血漬大部分都集中在客廳。現場留有不少的血腳印，經過鑑定，應該是四個人，除了被害人三人外，還有被告的鞋印在上面。從血跡的分布來看，客廳不是第一現場，廚房是凶手最早行兇的地方。」

「怎麼說？」審判長需要詳細的說明。

「客廳裡留有大量的血跡，但血跡從廚房一路順著門口的位置過去，沿路撒散不規則的血滴和一段凌亂的拖痕。靠近廚房的牆壁上，有幾張明顯的血掌印，根據初步比對，應該是林美秀所有。」

「客廳裡，曾經發生過激烈的打鬥，沙發、桌子附近，我們都發現有敲擊、碰撞的痕跡。廚房到客廳的血腳印，分別採到被害者三人的血腳印，和幾枚不完整、往門口方向的鞋腳印，被害人的房間內，並沒有跡證顯示有打鬥的痕跡。最後，客廳裡有一面桌子，桌面上有一道相當深厚的刀痕，有採到稀少的血跡，應該也是陳阿滿的。」

「有個特別的狀況補充一下，從刀痕來看，都是左撇子做的，所以行兇的人，應該是左撇子沒錯。」吳伯仁最後做出這個結論。「如果從這個角度來看，那麼驗傷報告的疑問就可以迎刃而解，因為原本驗傷的刀痕很不自然，就像是被害人砍傷自己，但是左撇子確實也會造成一樣的方向，從科學證據來說，應該就是一個左撇子的人同時殺害或傷害被害人、陳阿滿與林美秀三人。用排除法來看，假設被害人是右撇子，那麼兇手應該就是黃澤遠了。」

黃澤遠忍不住激動，「我是左撇子，但是我沒有殺人！」

法警緊張的走向被告，辯護人也覺得非常訝異，怎麼會得出這個結論，現場則是一片混亂。蔡雨倫在旁聽席上，她原本以為，這份驗傷報告的刀痕就是林翊晴自傷，所以兇手應該是林翊晴，但是現在看起來，不過就是她的自以為是，原來就是左撇子的黃澤遠所為。

審判長要現場所有人安靜，然後悠悠的對吳伯仁說，「還有什麼要補充說明的嗎？」

「沒有了。」吳伯仁簡短的說。

審判長示意要吳伯仁退到旁聽席，然後詢問兩邊的辯護人與檢察官，「還需要傳喚被害人嗎？」

白正廷說，「我只要確定一個問題，請問被害人，妳是左撇子嗎？」

林翊晴怯生生的說，「我是右撇子。」

「請求法院鑑定被害人是否為右撇子，如果是，那麼檢方就沒有其他證據請求調查，直接援用警詢及偵查筆錄做為證據。」白正廷說。

「我們也希望鑑定。」辯護人附和。

「好的，我們就移送鑑定，等待鑑定結果之後，我們再開庭。」審判長下了結論，「本件候核辦，被告還押。」

旁聽席上的人一哄而散，民眾懷著滿意的心情離開，看來這件事沒有怪錯人，而記者也群聚在走廊上發稿，即時新聞已經上標，「凶手是左撇子的黃澤遠，真相終於大白！」

在混亂中，夏青低調的帶著林翊晴離開，他們準備去好好吃一頓大餐，太累了，這陣子真的太累了。

＊＊＊＊＊

白正廷回到辦公室，同事們都看到了即時新聞，沒人敢過去安慰他。他坐在自己的位置上，反覆的想著，這件案子算是成功嗎？他的證人都是偽證，法院認定真兇的依據，竟然只是因為一位法醫師的鑑定！這件案子，他可以說澈底的栽倒在證人手上。

然而，如果證人都是偽證，林翊晴真的是無辜的嗎？他不想繼續往下思考，就把一切交給法官吧！他的準岳父，就在這時候打電話來，要他過去辦公室一趟，他罕見動怒的拒絕他，要同事轉告，他現在不在座位上。

或許，是他離開這個位置的時候了。

CHAPTER

15

殘酷的月光

第二天的報紙，紛紛以「疑雲釐清，檢辯雙方激烈交鋒，被告仍不認罪，但真兇呼之欲出。」等等標題與內文大幅報導。在報導中，鉅細靡遺的描述了兩名證人因偽證罪被移送法辦，而辯護人又是如何的高招，讓他們露出狐狸尾巴。

王建州是被抨擊得最嚴重的人，畢竟他曾經利用目擊者的身分，讓自己聲名大噪，而且賺進許多通告費。然而，最後竟然當庭承認，根本沒有看到任何人出入，他的臉書在前一天晚上就被灌爆，第二天就立刻關閉。至於陳傑倫，校方已經召開教師評議委員會，準備要解聘他。學生在網路上，對他也是猛烈攻擊，「不要臉、師道蕩然、去死」等字眼，已經是輕微的了，還有人在網路上號召要見一次打一次。

不過，沒有太多人對於結果意外：黃澤遠就是殺人凶手，他殘忍的謀殺兩個人，而且差點犯下滅門血案。而且，已經沒有太多人記得林翊晴，她在哪？過得如何？這個島嶼每天都會有新鮮事，而大家追逐的，也只是新鮮事。

夏青安排了跟爸媽、林翊晴的晚餐，因為她接下來希望爸媽可以接受林翊晴是家裡一份子的這個事實。她刻意訂了一間包廂，讓四個人可以不受打擾的用餐，她也希望他們可以多認識彼此。

她帶著林翊晴，提早十分鐘進包廂。林翊晴似乎有些緊張，不斷的懷疑自己「看起來」

是不是不夠乖巧。夏青微笑的看著這個小女孩，如果要說這場訴訟對她有任何意義，應該就是帶回了一個妹妹，她再也不是孤單一個人。

「爸、媽，這是林翊晴。」夏青站起身來，招呼爸媽坐下。

他們滿臉笑容的跟林翊晴打招呼，「跟電視看起來不太一樣耶！好可愛的小女孩，跟我們家夏青小時候好像！」

「謝謝伯父、伯母。這些日子讓姊姊煩惱了。」林翊晴很有禮貌的說。

「不會啊！聽說妳做了一手好菜，不然她每天吃外食，又不會自己煮菜，我都擔心死了。」夏母笑著說。

「她小時候就只會唸書，其他什麼都不會。」夏父說，「還好後來讓她考上了律師，才沒餓死，不過老是接一堆不能賺錢的案子，也不知道什麼時候可以過好日子。而且，她的對象也還不知道在哪裡，我看她可能這輩子嫁不出去了。」

夏母跟夏父使了眼色，不過夏父沒理她，兀自開心的說著。

「不要談這個了啦！」夏青說，「我們多談談翊晴，今天她是主角耶！」

「她應該會沒事吧！不是聽說還要鑑定？」夏母問。

「我就覺得很奇怪，一個案子跑這麼久。依我看，這個人早就該槍斃了。殺人就是要死，為什麼法官要拖這麼久？社會這麼亂，就是這些法官搞出來的。妳們律師也一樣，不是聽說案子拖越久，妳們就可以賺更多？但是這樣……」夏父並沒注意到夏青的臉色不好看，還是說著他自己的見解。

「夠了！」夏青把筷子放下，「我不是來聽你說這些的，好嗎？」

夏母知道事情又弄僵了，這對父女碰在一起，就是吵架，連忙打圓場。「沒事，妳爸就囉唆，妳也知道。好了好了，我們來談談翊晴。」

「談什麼？」夏青說，「你到底對我有什麼不滿？小時候你叫我唸書，不要交男朋友，才有好的大學可以念。我考上北一女，你要我考上台大。我考上政大，你狠狠的不理我一個月，逼得我要跟你道歉。考上律師，你說考不上的人沒用，我本來就是應該應屆考上的。二十幾年來，我只懂唸書。畢業以後，你開始要我賺錢。賺錢以後，現在要我會煮飯、要生個男友給你？你到底是怎麼了？」

夏父的臉色開始變得不好看，「妳又要教訓我？妳是這樣對妳爸的？」

一直在旁邊的林翊晴，突然開了口，「姊，妳有選擇啊？妳忘記了嗎？」

夏青突然愣住，「什麼叫做我有選擇？」

「妳可以選擇當盆栽，或是野草。」林翊晴看著她說。

「我沒有選擇！」夏青說，「我從小就被他灌輸一些怪觀念，我有選擇嗎？他根本就太過分。如果沒有他，我現在一定會過得更好。」

夏父站起來，龐大但衰老的身影，遮住了旁邊的燈光，「看來妳今天是要來找我吵架的，這頓飯我不想吃了。」

夏青也站起身來，「你們兩個人慢慢吃吧！我才不想吃！」說完她直接把門甩上，就這麼離開了。

林翊晴也準備追出去，但先對著夏母說，「你們先不要走，我馬上回來唷。」

她在門口看到夏青，正準備要招呼計程車。林翊晴連忙一把抓住她，「姊，妳幹嘛脾氣這麼大啦？」

「我只是累了。」夏青說，「我們回家，好嗎？」

「妳記得我剛剛說的盆栽跟野草嗎？」林翊晴再度問了一次。

「我不懂妳在說什麼。」夏青紅了眼眶，「可是我真的覺得，他就是個很糟糕的父親。他從來沒為別人想，只想著外在的這些東西，什麼賺錢啊、前途啊！他腦袋裡難道就不能改變嗎？」

「他不能選擇改變，因為他老了。」林翊晴說，「可是妳可以選擇改變啊！」

「嗯？」夏青挑起了眉毛，「什麼意思？」

「妳後來已經不是盆栽了，妳選擇了當一株野草，努力的生存著，幫助很多人，這就是妳的選擇啊！妳為什麼一定要改變一個老人家呢？妳可以不接受他的想法，但是沒必要改變他的想法，不是嗎？」林翊晴看著夏青泛紅的眼眶，認真的說，「妳可以選擇愛他或不愛他，但是不需要改變他。」

夏青沒有說話。

「好啦！」林翊晴撒嬌的說，「今天是我的見面會，拜託妳回去好不好？」

夏青擦了一下眼淚，「這次我給妳面子，我跟他道歉。」

他們回到了包廂，夏青突然發現，父親的臉上原來有好多的老人斑。她沒有再說什麼，只是親了父親眼角的皺紋，感覺是濕熱的，味道是鹹苦的。

＊＊＊＊＊

在計程車上，夏父跟夏母有一句沒一句的在聊天。

「你覺得這個小女生怎樣？」夏父說，看著車窗外的街景。

「很乖巧的女孩。」夏母說，「我比較在乎你們父女的感情。至於小青，有人照顧我就放心了。」

「啐！誰照顧誰還不知道呢！」夏父說。「妳真的相信這個孩子？」

「我不知道。」夏母說，「你唷！就是不信任人！好不容易她有個妹妹，你就不能放寬心嗎？」

「她說不定真的是殺人犯，一個殺了自己家人的人，妳要我怎麼相信？」夏父不放心的說，「我們這個孩子，就是滿腦子正義感，重感情，又容易相信別人，什麼都不懂！」

「你不要想太多！」夏母說，「如果真的像你說的那樣，她會做出選擇的。」

夏父悶哼了一聲，「最好是如此。」

＊＊＊＊＊

夏青跟林翊晴回到了甜蜜的家。

「謝謝姊，今天的晚餐很棒。」林翊晴開心的說，「我明天要去找工作了，還是妳事務所有缺人？我可以去幫忙喔！」

「鑑定都還沒結束，妳是怎樣？」夏青白了她一眼，「乖一點好不好？」

「好啦！我要去洗澡了。」林翊晴吐了一下舌頭，「妳超兇！」她轉身去拿衣服，然後進了浴室。

夏青覺得很幸福，有個這樣的妹妹。今天如果沒有她，或許她跟父親之間，又是另一場嚴重的衝突。想不到這個孩子，竟然可以告訴她，一切都是選擇，原來她可以選擇。

她躺在沙發上，把音響打開，播放作曲家薩提的《吉諾佩蒂組曲》。平靜的琴鍵聲流洩而來，她閉上眼睛，想像月光灑在湖面上。她想，下週應該可以安排全家到宜蘭度假，這是她以前從不願意去安排的旅程。

不過，有個聲音夾雜在音樂中，讓她覺得有些不舒服。原來是林翊晴的手機，應該只是鬧鐘在響，她把手機拿起來，想要關掉這吵人的雜音。不過，一關掉鬧鐘畫面，竟然出現林翊晴的臉書。原來剛剛在計程車上，林翊晴在上傳照片。

她從來沒看過林翊晴的臉書，覺得有點新鮮。她點進圖片頁面裡，看著今天晚上他們跟爸媽的合照。她發現，自己其實已經好久沒有這樣的笑容，特別是跟爸媽一起拍照的時候。

她往前翻，這幾張照片看完以後，大概沒什麼特別內容，就是林翊晴的自拍，還有以前她在陽台上的照片。她隨便滑了幾張，正覺得無聊，想要關掉手機。突然發現半年前的一張照片，一隻左手拿著一條狗鍊，上面寫著：「繁星計畫開始。」她的心臟劇烈的跳動了一下。

她摒住呼吸，繼續往下翻閱，是林翊晴的網誌，權限只設定本人可以觀看。

「他出現了，應該是很好的機會。」標註的日期是一〇四年六月，只有短短的一句話。

「殺人，要償命嗎？我不要付出代價，而是要讓她們付出代價。」日期晚了幾天，同樣只有幾句話。

她覺得有點天旋地轉，因為似乎看了不該看的東西。她想要把手機就放下來，但是無能為力，她只能繼續往下翻。

「他好像很愛那個女人，這是很好的機會。但是我要怎麼樣利用他呢？嫉妒？貪念？女色？我不知道，我要想一想。」

「昨天晚上脫掉上衣，他連看我一眼都不肯，很失敗。不過他來這裡以後，我好過多了，至少不用戴著狗鍊睡在陽台。」

「怎麼樣才能讓他願意動手？好煩！不然就我來動手，可是怎麼讓他承擔？這件事要想一想，我不想被關。就算公民老師說，十八歲以下是少年犯，不能判死刑與無期徒刑，我也不想被關，一天都不要！她們本來就該死，殺了她們，也是剛好而已。」

「要裝瘋賣傻嗎？昨天報紙上有提到，殺一兩個人也不會判死刑。喔！我是在笨什麼，本來就不會判死刑。我不想被關，這不是死刑的問題啊！我要殺了她們，然後讓這個男人去承擔。他連看我一眼都不肯，太誇張！」

夏青掩住嘴，卻仍驚呼了一聲。她轉過頭去看了一下浴室，門是關著的，林翊晴應該沒聽到，但是她的手卻不斷的顫抖，眼眶也開始泛紅，她不知道是因為害怕知道真相、被背叛的憤怒，或者是，單純的失望。

「那位先生來我家做菜，意外發現他是左撇子，太有趣了。」

「左撇子真難學，但是我可以的！努力！最難的是，在學校的時間這麼長，我要怎麼練習？」圖片則是一張白紙，附上歪曲的幾個字，「左撇子」，看來練習得不好。

夏青越看越怕，但是卻又必須看下去。這則短文以後，臉書上的文字中斷了很久，一直到今年的一月二十六日，也就是案發前三天，才又出現一篇網誌，標題是：「準備結束，行動開始」。

「最近的觀察：這個男人每個星期四晚上固定會來家裡。

衝突：那個女人會跟他要錢，他不會給！

機會：他們最近都很早睡，不會反抗。」

在這篇網誌裡，附有另一張照片，同樣是「左撇子」三個字，但是字跡娟秀，跟先前的圖片比較起來，宛如天壤之別。

「姊！妳幫我拿一下毛巾。」雖然知道聲音從浴室裡傳來，她還是嚇了一跳，手機就這麼掉到地上。她急忙撿起來放在原處，然後對著浴室方向喊了一聲：「好，我現在拿過去。」

但是明顯聽得出來，聲音有些緊張與乾澀。

她站起身來，整理一下情緒，到更衣室裡拿了一條毛巾，然後帶到浴室門口，敲了一下門。林翊晴探頭出來，頭髮還是濕的，瞇著眼睛對夏青說，「姊，謝謝。」

在遞過毛巾的那一剎那，夏青的手是冰冷的，她不知道林翊晴有沒有察覺，因為這個孩子只是淡淡的看了她一眼，什麼也沒說。

關上門，夏青重重的呼出一口氣，她來不及整理自己的思緒，但還是貪婪的拿起林翊晴的手機，繼續看著接下來的一切。

不過，事發以後關於案情的一切，完全空白，只剩下她跟夏青的生活記錄。夏青以為可以看到，「我要利用這個律師」之類的記載，好讓自己可以恨她，可惜沒有。只有做菜的食譜、一起採買食物的照片、她們拍下開心的合照，照片底下有一行字：「終於來到了天堂，我跟姊姊的家。」

「如果只有這行字，該有多好。」夏青在第一時間竟然只有這個荒謬的想法，平常的冷靜，已經完全失控，她的情緒僅剩下慌張。

不過，她沒有忘記當一個律師的本分。她一張一張的截圖，然後傳到自己的手機上。傳送的過程中，她的手不斷的顫抖，心跳的速度非常快。

夏青的背後突然傳來林翊晴的聲音，很冷、很硬。

「我以為我們姊妹之間是沒有祕密的。當然，沒有祕密的女人，就一點也不可愛了。」林翊晴的聲音停頓了一下，「但是，姊，妳為什麼要看我的手機？」

「什麼是繁星計畫？」夏青的聲音有些顫抖，沒有直接回答林翊晴的問題。

「哎！既然妳看到了，那我就告訴妳好了，畢竟妳是我最親愛的姊姊。」林翊晴的頭髮還是濕的，她拿著毛巾，一派輕鬆的坐下。「那就是我的選擇。」

林翊晴超齡的穩定與成熟，讓夏青的慌張看起來很荒謬。

「妳想知道什麼？」林翊晴問。

「全部的事實！」夏青的語氣還是驚恐，「人都是妳殺的？妳怎麼可以欺騙我！我這麼相信妳！」

「我從小就沒人愛，妳知道的。就像我第一天告訴妳的故事一樣，我沒人愛。」她又再強調了一次。「我根本不知道爸爸是誰，而那兩個女人，就是把我當怪物，一個她們根本不願意生下來的怪物。從有記憶以來，我就經常的被打、被罵。妳知道老女人最喜歡罵我什麼嗎？賤種、不要臉。年輕的女人比較喜歡動手，只要我動作慢，她就會抓我的頭輕輕的撞牆壁，還會用藤條打我的腳底板。妳知道為什麼是輕輕的？因為她怕我被老師發現，她把我當作小狗一樣的打，像野狗一樣的養。是狗！不是寵物。」

她拿起了水杯，不慌不忙的喝了一口水，「姊，我想了很久。其實我早就想要脫離這個家了，但是還要四年，我覺得好久。所以，當我媽又認識了這個人，我覺得機會終於來了。我想到了一個有趣的計畫，可以讓我把這些人趕出我的世界裡。」

「妳可以尋求社會局的社工幫忙，也可以找老師協助，為什麼妳要殺人？」夏青稍微恢復了鎮定，喘了口氣問她。

「為、什、麼、要、殺、人」，林翊晴逐字的把這句話輕輕的從嘴唇中吐出來，像是在朗誦詩詞一樣的抑揚頓挫。「因為，星光。」

「星光？」夏青的語氣充滿疑問。

「算了。」林翊晴苦笑，「妳不會懂的，妳這麼幸福。痛苦雖然不能比較，但是妳一路順利，北一女、政大、律師，爸爸就是機車點而已，怎麼能知道星光傳送到地球，中間經過了什麼？」

夏青突然想到那天晚上，她們在陽台的那段對話，雖然還是有些模糊，但是似乎抓到了一些頭緒。

「殺人是必須的，但是殺人是不能有罪的。我是被欺負的那個人，為什麼我還要有罪？有一天，我發現那個笨蛋是左撇子，就開始每天不斷的練習左手的力氣，還把自己的習慣全部調整過來。妳知道嗎？沒有人發現！哈哈！」

「那天晚上，他確實有來，我還刻意請他幫我切了一盤水果，這樣指紋才能留下來。不過一切就像他自己講的，很快他就因為錢，跟那個女人吵架了。他們打架以後，那個男人很生氣的走掉，我知道，機會來了。我就趁著那個女人在開冰箱的時候，切斷她的氣管。妳知道嗎？她連呼救的時間都沒有，只能把手扶在牆壁上。我讓她慢慢的倒下來，以免老女人發現，然後再把她拖到客廳放好。」她的語氣像是在講別人的故事一樣，輕描淡寫。

「接著，就是那個老女人。我把她從房間叫出來。妳知道嗎？她竟然因為那個女人的血跡滑倒，然後跌倒在地上。我走過去，往她臉上揮刀，她還愚蠢的用手想要擋住我。當然我也是一刀就讓她沒辦法繼續呼吸。然後，換回來右手，如果沒有幾刀在我身上，怎麼證明我沒罪？所以我往自己身上砍了幾刀，其實不是很痛，真的。不過，我把衣服脫掉的時候，還真的覺得好冷。」這番話的語氣從林翊晴的口中說起來輕鬆，但是內容卻壓迫得夏青沒辦法說出任何一句反駁的話。

「所以妳的指紋是妳刻意留下來的？」夏青勉強只擠出這句話。

「才不是！」林翊晴有點生氣，「我忘記戴手套了，這是整個計畫唯一的敗筆，害我解釋很久！我一度以為我真的會有事，加上那個記者，讓我冒了一身冷汗。還好有妳幫忙！姊，妳真的是很棒的律師。」

「我一點都不好。」夏青的語氣非常沮喪。「完全沒發現妳就是那個人。所以，後來的一切是妳利用我？其實妳根本不愛我，對不對？」

「姊，我把妳當作這世界上最親密的人，所以我什麼都跟妳說，妳要保護我，好不好？」林翊晴看著夏青，認真的跟她說，然後往前靠近了幾步，「姊，除了妳之外，我已經什麼都沒有了。」

「可是，妳怎麼可以這樣對妳的家人？」夏青的聲音很苦澀，「妳怎麼可以這樣？不管如何，她們都是妳的家人啊！」

「不重要了。」林翊晴淡淡的說，只是搖搖頭，露出甜美的笑容，「我們一起好好的過生活吧！我會照顧妳的。」

夏青搖搖頭，「我們去對法官自白，好不好？」

「妳不會這麼對我的。我是妳妹妹。」林翊晴說，她嘟起了嘴，「姊，我都跟妳坦白一切了，妳不能這樣對待自己的家人。」

「我已經截圖上傳到雲端了，我知道妳曾經受到傷害，但是妳有選擇，不應該傷害無辜的人。妳想想那個叔叔！妳要他被判死刑嗎？」夏青哀求她。

「這是他的命。」林翊晴強硬的說，「不是他，也會是別人。就當冤獄多一件而已，又沒什麼。妳當律師的，應該看多了。」

「不一樣！」夏青尖聲說，「妳是我的妹妹，不可以這麼做。」

「如果，我是說如果，妳真的要我承認殺人，而且不把證據銷毀，妳就不是我姊姊了！」林翊晴的聲音變得很冷，手裡不知道什麼時候多了一把刀。「原來，妳也不過就是一個路人而已，根本不在乎我的感受。」

夏青驚恐的站起身來，拿起了手機，往陽台退去。

窗外有稀疏的星星，風有些大，她看到陽台上的野草，迎風搖曳。

國家圖書館出版品預行編目資料

星光. -- 初版. -- 臺北市：
三采文化, 2016.9
面；　公分. -- (iREAD；98)

ISBN 978-986-342-715-5(平裝)

857.7　　105017402

suncolor 三采文化集團

iREAD 98
星光

作者｜呂秋遠
副總編輯｜郭玫禎　校對｜老王 黃迺淳
美術主編｜藍秀婷　封面設計｜藍秀婷　內頁排版｜中原造像股份有限公司
行銷經理｜張育珊　行銷企劃｜黃家琳
人物攝影｜黃仁益　梳化｜謝佳霈

發行人｜張輝明　總編輯｜曾雅青　發行所｜三采文化股份有限公司
地址｜台北市內湖區瑞光路 513 巷 33 號 8 樓
傳訊｜TEL:8797-1234　FAX:8797-1688　網址｜www.suncolor.com.tw
郵政劃撥｜帳號：14319060　戶名：三采文化股份有限公司
本版發行｜2016 年 10 月 20 日　定價｜NT$380

suncolor

suncolor

suncolor

suncolor